grafit

Der Autor im Netz:
www.reinhard-junge.de

Chemnitzer Str. 31, D-44139 Dortmund
E-Mail: info@grafit.de
Internet: http://www.grafit.de

Umschlagzeichnung: Peter Bucker
Druck und Bindearbeiten: Fuldaer Verlagsanstalt, Fulda
ISBN 978-3-89425-010-2
10. 11. 12. / 2011 2010 2009 2008

Leo P. Ard / Reinhard Junge

Das Ekel schlägt zurück

Kriminalroman

grafit

Die Autoren:

Leo P. Ard, 1953 als **Jürgen Pomorin** in Bochum getauft, lebt als freier Drehbuchautor in Bochum und auf Mallorca (er schreibt z. B. Drehbücher für die Reihen *Ein starkes Team* und *Balko*). Das Drehbuch zu dem ARD-Krimi *Totes Gleis*, das Pomorin gemeinsam mit Michael Illner verfasste, wurde 1995 mit dem Adolf-Grimme-Preis in Gold prämiert.

Reinhard Junge wurde 1946 im Geburtenregister von Dortmund erstmals behördlich erwähnt. Nach dem Wehrdienst zog er 1968 nach Bochum und unterrichtet seit 1979 Deutsch, Russisch und Latein in Wattenscheid.

Zusammen bastelten Ard und Junge die Kriminalromane *Bonner Roulette*, die Ekel-Trilogie – *Das Ekel von Datteln*, *Das Ekel schlägt zurück* und *Die Waffen des Ekels* – sowie die beiden nachfolgenden ›Pegasus‹-Krimis *Meine Niere, deine Niere* und *Der Witwenschüttler.* Mit *Totes Kreuz* setzte Reinhard Junge die ›Pegasus‹-Serie im Alleingang fort, es folgte *Straßenfest.*

Von Reinhard Junge sind im Grafit Verlag außerdem der Kriminalroman *Klassenfahrt* sowie diverse Kurzgeschichten erschienen. Leo P. Ard hat die ›Branchenkrimis‹ (Krimikurzgeschichten) herausgegeben und gemeinsam mit Michael Illner die Romane *Gemischtes Doppel* und *Flotter Dreier* zu verantworten.

Die Hauptfiguren:

Peter Stankowski (54),
Oberbürgermeister von Oberhausen: ist gut drauf

Carmen Hauknecht-Sobolewski (27),
Bürgerin: ist gut drunter

Thorsten Ranke (28),
Journalist: guckt gerne zu

Felix Pennekamp (59),
Oberbürgermeister von Bochum: guckt gerne weg

Hans Golowski (51),
Fraktionschef in Bochum: läßt nichts kalt

Jutta Schwarzhof (49),
Ratsfrau in Hattingen: gibt sich cool

Willi Domagalla (56),
Bürgermeister in Hattingen: hält sich lieber raus

Gerd Roggenkemper (65),
Kanalvogt in Datteln: hängt sich lieber rein

Bernd Hugenberg (38),
Trouble-Shooter: hat eine schwarze Kasse

Horst Lohkamp (45),
Hauptkommissar: hat einen schwarzen Tag

PEGASUS FILM & VIDEO GmbH:

1. Susanne Ledig (34)
2. Klaus-Ulrich Mager (38)
3. Holger Saale (28)
4. Karin Jacobmeyer (25)

} halb »SPIEGEL-TV«, halb »Tutti Frutti«

Gegendarstellung

1. Die Vermutung, die Handlung dieses Romans könnte frei erfunden sein, ist falsch. – Richtig ist vielmehr, daß man nach dem Studium einschlägiger Prozeßberichte gar nichts mehr erfinden kann.

2. Die Vermutung, die real existierenden Politiker in den hier erwähnten Provinzhauptstädten könnten ähnlich schmutzige Finger haben wie die fiktiven Gestalten dieses Romans, ist falsch. – Richtig ist vielmehr, daß sie alle ein reines Gewissen haben.

3. Die Vermutung, Bochum, Datteln, Hattingen und Oberhausen seien überall, ist falsch. – Richtig ist vielmehr, daß z.B. Bochum nicht zwischen Waltrop und Oer-Erkenschwick liegen kann. Einmal, weil der Platz nicht ausreichte, und zweitens, weil da schon Datteln liegt.

Leo P. Ard / Reinhard Junge

1.

Die Klimaanlage der Luxus-Suite war überfordert. Draußen verglühte der heißeste Tag seit sechsundvierzig Jahren, und drinnen ließen drei Dutzend Gäste die Räume eng und die Luft knapp werden. Die Duftschleier der Parfüms, Aftershaves und Zigaretten vereinigten sich zu einer Schadstoffwolke, gegen die es beim Katastrophenschutz noch keine Abwehrmittel gab.

In diesem Klima gingen Sekt und Longdrinks weg wie bei einem Wüstentrip. Von den kalten Platten wäre ein ganzes Waisenhaus satt geworden, doch der Künstler am Keyboard hielt mit seinem Um-ta-ta die Kaumuskeln in Bewegung.

Ein drahtiger, kaum einssiebzig großer Mittsechziger mit Igelfrisur und gepflegter Seemanskrause hatte sich an die Fensterfront zurückgezogen. Sie war höchstens halb so breit wie der Rhein-Herne-Kanal. Dem Partytrubel den Rücken kehrend, rauchte der kleine Mann schweigend seinen Verdauungsjoint. Trotz der Schwüle trug er Anzug und Krawatte. Der Schweißfilm auf seiner Stirn hätte nicht mal ausgereicht, um die Gummierung einer Briefmarke zu befeuchten.

Auf den ersten Blick sah es so aus, als betrachtete er die spärlich beleuchteten Ruinen, die nach der Ruhrkrise von Gelsenkirchen geblieben waren. Doch die Dunkelheit hatte das Fensterglas des »Maritim« in breite Spiegel verwandelt. Ungeniert konnte der Mann die gefräßige Meute hinter seinem Rücken beobachten: Bürgermeister, Verwaltungsfürsten und ihre Kofferträger, ein paar Vorzeigedamen und ein halbes Dutzend handverlesener Pressemenschen.

Wie zufällig schob sich eine zweite Gestalt heran: ein schlanker Mittfünfziger mit hohen Schläfen, der sein Jackett abgelegt und die Krawatte gelockert hatte. Dicht vor der Glaswand wandte er sich um und blieb, den Blick auf die Hummerfresser gerichtet, einen guten Meter neben dem Igelkopf stehen. Während der Drehung zeichnete sich sein scharfes Kinnprofil im Fenster ab.

»Golowski«, registrierte der Kleine, wandte aber seinen Blick nicht eine Sekunde von der Party ab. Die Fütterung ging zu Ende, Trägheit kam auf.

Der Mensch an der Heimorgel hatte es auch gemerkt. Ein Augenblick des Zögerns, dann flogen seine Finger über die Tasten. Der elektronische Bauchladen verabschiedete Johann Strauß und begrüßte den Lambada.

Die Leute juchzten los, als hätte man ihnen Adrenalin gespritzt. Sie ließen die Zahnstocher fallen, packten sich einen Partner und füllten das Parkett. Mann und Weib rammten ihre Unterkörper gegeneinander, um sich in siamesische Zwillinge zu verwandeln. Golowski bleckte die Zähne.

Ein breiter, vom Sitzen und Saufen feister Männerkörper schob sich zwischen die beiden. Der Neue zog eine Schachtel Fehlfarbenstumpen aus der Jacke und beugte sich vor.

»Widerlich«, meinte er, laut genug, daß die beiden anderen ihn verstanden, aber so leise, daß seine Worte im Trubel untergingen. »Plündert Stankowski wieder seinen Repräsentationsfonds?«

»Hat der doch gar nicht mehr!« vermutete Golowski. Er filterte den Gastgeber aus der Menge heraus: einen stämmigen Grauhaarigen, der die Gelegenheit nutzte, sein Geschlechtsteil ungestraft an den Schenkeln einer rothaarigen Schönen zu reiben. »Oberhausen ist pleite. Die könnten ihm nicht mal einen Dreierpack Pariser finanzieren...«

Der Igelkopf schniefte leise. »Glaubt ihr, der zahlt die Fete aus der Stadtkasse?« knurrte er. Er war mindestens so gut bei Stimme wie die Löwen im Gelsenkirchener Zoo.

»Sondern?« fragte Golowski, ohne die Lippen zu bewegen.

Der Kleine lächelte das Fenster an: »Ich wette meinen Jahresetat – der hat das Geschäft mit Luxemburg unter Dach und Fach...«

Ein Eishauch wehte am Fenster entlang.

»Willst du damit sagen, wir drei wären ’raus?« fragte der Fehlfarbenraucher.

Der Igelkopf schwieg.

»Sag schon – sind wir raus?« quengelte der Dicke.

»Du warst doch nie richtig drin«, höhnte Golowski, während er dem Gastgeber anerkennend zulächelte. »Und jetzt kannst du dein Kaff von der Landkarte streichen.«

Der andere blieb vor Erschütterung stumm.

»Im Ernst«, fuhr der Lange fort. »Stau die Ruhr auf und laß Hattingen absaufen. Bochum übernimmt den See – als Feuerlöschteich…«

»Mehr könntest du auch gar nicht bezahlen, Golowski!« warf Igelkopf ein. Er stand noch immer so unbeweglich auf seinem Posten, als gingen ihn weder die Männer neben noch die Fete hinter ihm etwas an. »Ihr verscherbelt doch schon Bauland gegen eine Spende für den Fußballverein…«

Golowski brauchte mindestens drei Herzschläge, bis er sich von seinem Schock erholt hatte.

»Weißt du, Roggenkemper«, sagte er dann, »dafür, daß du nur Bürgermeister eines Misthaufens bist, hast du eine verdammt große Klappe…«

»Neid«, konterte der Kleine, ohne seinen Rückspiegel aus den Augen zu lassen. »Nichts als Neid. Leute wie du bringen es bei uns höchstens zum Schleusenwärter…«

Golowski schien zu überlegen, ob ihm das Angebot gefiel. Dann versprach er: »Wart’ es ab, Roggenkemper: Ich schicke dir mal irgendeinen Arsch aus meinem Rathaus vorbei. Die Reste eines Beamtenfrühstücks reichen, um ganz Datteln zuzuscheißen…«

Er löste sich sanft von seinem Platz und ließ sich in den Raum treiben, ohne seinen Freunden noch einen Blick zu gönnen.

Der mit den Fehlfarben wartete, bis der Lange weit genug weg war.

»Golowski ist selber ein Arschloch!« biederte er sich bei

seinem Nachbarn an. »Wie konnte der in Bochum bloß Fraktionschef werden?«

»Mit Format, Domagalla, mit Format!« raunzte Roggenkemper und wandte sich um. Als er an dem Bürgermeister des Feuerlöschteichs vorbeidriftete, quetschte er einen Abschiedsgruß durch die Zähne: »Falls du überhaupt weißt, was das ist – Format!«

Eine Stunde nach Mitternacht war das Büfett abgeerntet, hatten sich Besucher, Kellner und der Orgelspieler aus dem Staub gemacht. Der Gastgeber saß, einen Sektkelch in der Hand, in einem der tiefen Sessel und prostete seiner Lambada-Partnerin zu, die ihm von der Couch entgegenlächelte – cool, aber alles andere als eisig.

»Danke für die Party!« sagte die Rothaarige und schlug ihre schlanken Beine übereinander. »Auf Ihr Wohl, Herr Stankowski!«

»Auf Ihr's«, sagte der Oberbürgermeister. Er riß seinen Blick von den schwarzen Nylons los und schaute ihr in die braunen Augen: »Warum sind wir eigentlich noch bei diesem lästigen Sie? Ich heiße Peter!«

»Carmen!« entgegnete sie und schenkte ihm einen Blick, den er bis in die Lenden spürte.

Er stand auf und sank neben sie.

»Ein interessanter Name!« schwärmte er. »Geheimnisvoll...«

Mit dieser Meinung war er nicht allein. Aber die dritte Person im Raum legte keinen Wert darauf, es ihm mitzuteilen.

2.

Schwitzend stand Klaus-Ulrich Mager samt seiner Videoausrüstung im Foyer des »Maritim« und suchte in seinen Taschen nach Tabak und Blättchen. Er hatte Lungenschmacht und Durst auf ein ehrliches Bier. Vor allem aber ärgerte es ihn, daß ihm ein bartloser Jüngling mit einem Redemanuskript vor der Nase herumfuchtelte.

»Passen Sie auf, Mager«, befahl der Knabe in einem Ton, der selbst bei den Sklavenaufsehern in den Südstaaten verpönt war. »Ich stelle mir die Szene wie folgt vor. Sie machen eine Totale vom Podium, wenn er sagt: 'Es ist eine große Herausforderung für die Menschen im Revier...' Danach fahren Sie die Gesichter im Podium ab. Bei den Worten 'Mit Hilfe der Landesregierung...' sind Sie genau am Rednerpult, fahren groß aufs Gesicht und nehmen die nächsten acht Sätze mit...«

Mager ertrug das Geschwätz wie das Lamm die Schur. Der Bursche mit der roten Hornbrille war neu im Geschäft und brauchte etwas, das er abends ins Tagebuch eintragen konnte. Auch Mager hatte mal geglaubt, er würde die Kunst des Dokumentarfilms revolutionieren.

»Danach dürfte es den ersten Beifall geben«, vermutete der Jüngling und kniff die Augen zusammen. Mager gab die Suche nach den Blättchen auf und sah sich nach einem Zigarettenautomaten um.

»Für Sie heißt das: Rückfahrt, drei Sekunden aufs Publikum, Schwenk auf das Plakat *Standort Ruhrgebiet: Die Steine kommen ins Rollen*, Schluß. Haben Sie das behalten?«

»Klar«, log Mager. »Soll ich es wiederholen?«

Hornbrille musterte ihn mißtrauisch, doch Mager hielt dem Blick stand.

»Folgendes noch«, säuselte der Jüngling, aber da entdeckte Mager einen Automaten – und über einem der Warenschächte das rote Label seiner Lieblingszigaretten. Er marschierte hinüber und warf die Münzen ein. Noch auf dem Rückweg riß er das Päckchen auf und steckte sich eine an. Der andere verlor für einen Augenblick die Fassung und wischte sich mit einer lange geübten Bewegung die Haarsträhnen aus der Stirn.

»Hören Sie«, sagte er dann, »Sie können während der Arbeit nicht einfach weglaufen...«

»Tschuldigung«, sagte Mager zerknirscht und stellte seine Ohren wieder auf Durchzug. Hilfskeule beim Westdeutschen Fernsehen zu mimen, war so ziemlich das Schlimmste, was er sich vorstellen konnte. Aber der drohende Bankrott der Filmagentur PEGASUS, von der ihm ein Drittel gehörte, und der energische Ton der Geschäftsführerin hatten ihm keine andere Wahl gelassen. Für zwei Tage Hilfsdienst zahlte der Sender rund zwei Mille – nicht genug, um PEGASUS beim Finanzamt beliebt zu machen, aber die Bundespost würde darauf verzichten, das Firmentelefon stillzulegen.

Endlich war Hornbrille fertig. Er drückte Mager das Manuskript in die Hand und verschwand, um Bier zu holen.

Während Mager die Ausrüstung in den Konferenzraum schleppte, sehnte er sich nach seinem Kumpel Holger Saale, der ihm sonst zur Hand ging. Aber Saale, dem sie mit Erfolg einen Zehn-Prozent-Anteil an den Firmenschulden aufgeschwatzt hatten, spielte gerade seinen Eltern in Hamburg die neueste Fassung der Heimkehr des verlorenen Sohnes vor...

Mager baute die Geräte auf und checkte die Technik. Nach einem kritischen Blick auf die Batterieanzeige wechselte er den Akku der Kamera. Er notierte den Timecode und richtete die Kamera aus, damit er das Pult mit dem diskreten Schriftzug *Maritim* voll im Bild hatte. Doch als er die Schärfe einstellen wollte, grinste jemand ins Objektiv: »Hallo, Ulli!«

Mager hob den Kopf. Seit fünfzehn Jahren hatte ihn niemand mehr Ulli genannt. Und das Konterfei dieses studiogebräunten Krawattenmenschen kam ihm völlig fremd vor.

»Kennen wir uns?«

»Klar doch«, grinste der andere und zitierte ein paar Sätze, die Mager sehr vertraut vorkamen: »An den Bänken der

Obersekunda klebt Sauerkraut... Mager und Forthaus spielen im Kartenraum Fußball... Mager und die Unterprima blockieren den Straßenbahnverkehr an der Möllerbrücke...«

Das Klassenbuch! In Magers großer Zeit war kaum eine Woche vergangen, ohne daß sein Name in der Spalte *Besondere Bemerkungen* auftauchte. Und der Kerl vor ihm?

»Hugenberg!« grinste Mager. »Der Kinderschänder von Hörde! Was machst du Wichser denn hier?«

»Dasselbe wie du: arbeiten!«

Die beiden Ehemaligen vom *Reinoldus* fielen sich in die Arme.

»Mensch, Ulli«, tuschelte Hugenberg und tippte auf Magers Bauch: »Du hast aber zugelegt. Beim letzten Klassentreffen – wie lange ist das her?«

»Meinst du den mißratenen Abend, wo wir im *Pökelfaß* die beiden Schwestern...«

»Genau! – Wieso mißraten?«

Magers Miene verdüsterte sich: »Mit der Schwarzen bin ich seit fünfzehn Jahren verheiratet...«

In der nächsten Sitzreihe brachte ein Endvierziger die Fischgräten seines Sakkos in Bewegung: »Könnten Sie nicht etwas leiser sein? Ich kann kein Wort verstehen.«

»Das geht mir auch so«, gestand Mager todernst, zog den Kumpel aber doch ein Stück zur Seite.

»Und selbst?« fragte Mager.

»Geschieden!«

»Glückwunsch!«

Verhaltender Beifall kam auf. Die Redner wechselten.

»Was machst du jetzt?« fragte Hugenberg. »Beim WDR?«

»Nee, freischaffend. Hab' eine eigene Firma in Dortmund. Dokumentarfilme, internationale Produktionen«, strunzte Mager und schüttelte ein paar eindrucksvolle Details aus dem Handgelenk. Seiner Chefin hätten sie die Schamröte ins Gesicht und bei der Hausbank den Kreditrahmen in die Höhe getrieben.

»Merkwürdig, daß wir uns noch nicht über den Weg gelaufen sind«, meinte Hugenberg.

»Kommunales ist auch nicht meine Spezialstrecke. Eher ein Freundschaftsdienst für den WDR...«

Hornbrille tauchte auf, unter der Last zweier Biergläser ächzend. Er starb fast an dem Verlangen, vorgestellt zu werden, aber Mager ignorierte ihn. Statt dessen zerrte er eine zerknitterte, leicht angegraute Visitenkarte aus der Gesäßtasche seiner Jeans: »Ruf mich an! Wir könnten uns mal wieder einen brennen!«

Hugenberg revanchierte sich mit einem Kunstwerk, das nicht aus der Druckerpresse, sondern aus einer Goldschmiede stammen mußte: »Tun wir! Aber jetzt muß ich nach vorn...«

Der Jüngling blickte dem Davoneilenden nach und musterte Mager mit einem Anflug von Respekt: »Sie kennen Hugenberg?«

»Länger als seine Mutter!«

»Interessante Karriere hat der gemacht..«

Mager pflückte ihm ein Bier aus der Hand und gönnte sich einen langen Zug. Hornbrille hielt ihm die freie Hand hin: »Dreiachtzig!«

Mager packte zu und zerquetschte ihm die Finger: »Danke! Riesig nett von Ihnen...«

3.

Das Revier war, ist und wird wieder das industrielle Herz unseres Vaterlands. Hier leben rund fünf Millionen Menschen, und sie verkörpern Erfahrung und Wagemut, Verantwortung und Leistungswillen. Ruhrgebiet, das ist ein Symbolbegriff für die Einheit von Tradition und Innovation...

Hornbrille schob seine Zähne so dicht an Magers Ohr, daß

dieser die Kariesbakterien bohren hörte: »Beim übernächsten Satz beginnen Sie den Schwenk!«

Mager aktivierte den Power-Schalter, und die Kamera begann zu leben. Dann kroch er ins Okular, stellte Schärfe ein und prüfte die Tonqualität. Es konnte losgehen.

Das geplante TRADE & RECREATION-CENTER betrifft die ganze Region und leitet für sie ein neues Zeitalter ein. Nachdem die Vorentscheidung gefallen ist, darf ich sagen: Es ist eine gigantische Herausforderung – nicht nur für die Menschen in Oberhausen, sondern überall im Revier.

Mager begann mit dem Schwenk.

Dieses Bauvorhaben ist eines der größten in Europa. Auf Jahrzehnte wird es Arbeitsplätze und Wohlstand sichern, wird es modernstes Shopping, Kultur und Entspannung bieten. Das TRC-Projekt verjüngt das Antlitz des Reviers…

Stankowski war nun groß im Bild. Der kräftige Schädel mit dem vollen, gewellten Grauhaar kam gut. Die großen, leicht hervorstehenden Augen und der kräftige Zinken darunter machten den Mann nicht gerade schöner, aber dafür stammte das Design seiner dritten Zähne mindestens von Colani.

Der Oberbürgermeister strahlte Optimismus, Vitalität und Stolz aus, hart an der Grenze zu satter Selbstzufriedenheit. Obwohl er das Manuskript auf dem Pult hatte, warf er kaum einen Blick darauf, sondern hypnotisierte die Leute im Saal. Was Mager am meisten befriedigte, war Stankowskis Haltung: Er schwankte nicht aus dem Bild oder gestikulierte vor dem Objektiv herum, sondern hielt mit beiden Händen die Kanten des Rednerpults, als posierte er für ein Denkmal. Das gab klare, ruhige Bilder.

Mager riskierte einen Blick über das Kameragehäuse.

In der Mitte der Bühne thronte der fotogene Golowski, Fraktionsvorsitzender in Bochum und Favorit für den Vorsitz im Landesbezirk. Seit er im Vorstand des VfL Bochum saß, hatte er bei dem Borussia-Fan hinter der Kamera verschissen.

Den Platz daneben hielt Bürgermeister Roggenkemper aus Datteln besetzt, der für denselben Parteiposten kandidierte. Der kleine Mann mit dem Igelschnitt erinnerte Mager an den bösesten Auftrag seines Lebens.

Am besten gefiel ihm noch die Ratsfrau aus Hattingen, die Golowskis andere Flanke deckte. Sie verdankte den Ehrenplatz auf der Konferenz der Ruhrgebietsstädte der Tatsache, daß sie gleich zwei Minderheiten repräsentieren konnte: die Frauen und die Oppositionspartei.

»Mager«, raunte Hornbrille und zerrte an der Jacke des Kameramanns wie eine Ziege an einem Ballen Heu: »Noch einen Satz. Dann die Rückfahrt aufs Publikum. Wenn die Leute klatschen.«

Aber Stankowski spielte nicht mit. Ganz spontan überkam ihn das Verlangen, an all jene zu appellieren, von denen das Gelingen des TRC-Projektes abhing. Er begann beim Wirtschaftsminister und zählte alle nachgeordneten Stellen auf, die Magers Steuern verschwendeten: Auch das Friedhofsamt und die Sittenpolizei brauchten ihre Streicheleinheiten.

Mager schaute den WDR-Mann an: Stankowski war in Fahrt und fand kein Ende. Doch Hornbrille signalisierte, daß er die Kamera laufen lassen sollte.

Zum Schluß gab es keinen im Saal, der sich nicht gebauchpinselt fühlen durfte. Wohlverdienter Beifall gab dem Redner die Gelegenheit zu einem tiefen Schluck aus dem Wasserglas. Und schon huschte Hugenberg ins Bild und legte dem OB einen braunen Briefumschlag aufs Pult.

»Die Rückfahrt beim Stichwort 'verpflichtet'!« flüsterte der Mann vom Sender.

Mager drehte sich um und rammte ihm fast die Nasenspitze ins Gesicht.

»Ich weiß!« fauchte er, und der andere wich zurück. Zufrieden preßte der Kameramann sein Auge wieder vors Okular und erschrak: Stankowski war verschwunden...

Alarmiert peilte Mager über die Kamera. Doch der Standpunkt und die Ausrichtung waren unverändert. Nur der Platz hinter der Holzkante mit der Aufschrift »Maritim« war leer.

Ein Aufschrei ging durch die Menge. Der Kameramann zog auf und sah durchs Okular, wie mehrere Gestalten auf dem Podium zum Rednerpult stürzten und niederknieten.

»Ein Arzt!« brüllte jemand. »Schnell einen Arzt!«

Die Fotografen sprangen auf und drängten nach vorn, die Zuhörer stiegen auf die Polster. Nur Hornbrille stand, statt Mager die Schußbahn freizukämpfen, wie angewurzelt und hielt Maulaffen feil – im Handbuch der Fernsehregie war solch ein Zwischenfall wohl nicht vorgesehen.

Mager wuchtete die Kamera vom Stativ, schulterte den Aufnahmerecorder und stampfte vorwärts. Wer nicht freiwillig wich, wurde plattgewalzt, und das Auge der Welt fing ein, was sich vorne anbot: Den massigen Körper Stankowskis. Den fixen Hugenberg, der dem OB die Krawatte lockerte. Die Hattinger Ratsfrau, die ihm Luft zufächelte. Eine schmale Hand mit weißer Ärmelmanschette, die seine Papiere vom Boden auflas. Füße, die sich ziellos hin- und herbewegten...

Als die Besatzung des Rettungswagens Stankowski wegtrug, folgte ihnen Mager, bis sich die Türen mit dem Roten Kreuz geschlossen hatten. Er schaltete die Kamera aus, trug sie in den Saal zurück und setzte das Gehäuse aufs Stativ. Das Klacken der Halterung klang in seinen Ohren wie das Klingeln einer Ladenkasse: Die Bilder waren bares Geld. In bester Laune drehte er sich zu dem WDR-Mann um und drückte ihm die volle Cassette in die Hand.

Der Jüngling steckte sie ein und sagte: »Wir nutzen die Pause für die Außenaufnahmen...«

Mager starrte ihn an, als wollte er ihm zwei Luftschächte

durch den Schädel brennen: »Außenaufnahmen? Die Cassette muß zum Sender!«

Der Redakteur schüttelte den Kopf: »Wir machen die Sache erst komplett. Der Bericht ist für morgen eingeplant.«

Mager brauchte seine Zeit, bis er kapierte, was Hornbrille von ihm verlangte: die aktuellen Bilder auf dem Band verschimmeln zu lassen. Er holte Luft.

»Wenn einer der wichtigsten Männer im Revier abnibbelt, hat der Zuschauer ein Recht darauf, das sofort zu sehen. Entweder Sie verpissen sich jetzt auf der Stelle mit der Cassette zum Sender, oder ich bringe das Teil zu RTL. Ihr Chef tritt Ihnen dann morgen so lange in den Arsch, bis Sie Gänseblümchen spucken...«

Der WDR-Mann wurde krebsrot und eilte grußlos von dannen. Mager schickte ihm mit dem abgespreizten Mittelfinger ein herzliches Lebewohl hinterher.

4.

«Stellt euch vor, das Foto wäre der Opposition in die Hände gefallen!« tobte Roggenkemper, während der Schnappschuß von Hand zu Hand ging. Doch die Männer, die der Bürgermeister von Datteln um sich geschart hatte, stellten sich etwas völlig anderes vor.

Felix Pennekamp, Roggenkempers Amtskollege aus Bochum, war von dem Bildnis wie gebannt. Er saß dicht vor der Schreibtischlampe, so daß der Lichtstrahl von hinten durch seine roten Ohren schien. Erschüttert schloß er die Augen und reichte das Foto an seinen Fraktionsvorsitzenden weiter.

Golowski warf einen kurzen Blick auf das Bild und bleckte schadenfroh sein Gebiß: »Läßt sich ja ganz schön verwöhnen, der alte Knabe!«

Sein Nachbar beugte sich neugierig herüber und zuckte zusammen.

»Das ist ja entsetzlich!« stammelte er und schlug die Hände vors Gesicht. Diese Geste hatte Domagalla von Lil Dagover abgeguckt, als sie vor dreißig Jahren zum letzten Mal mit einem Tourneetheater im Kohlenpott aufgetreten war.

»Was ist daran so entsetzlich?« fragte Golowski. Er war Stammkunde in einem berühmten Hattinger Nachtclub und hatte Domagalla dort mehr als einmal mit einem Hunderter ausgeholfen.

Der andere litt jedoch unter akutem Gedächtnisschwund und sah ihn indigniert an. Golowski schnippte das Schwarz-Weiß-Foto zu Jürgen Wiemann, dem Persönlichen Referenten des Ministerpräsidenten, hinüber.

Der sportive Blonde prüfte das Dokument scheinbar emotionslos. Er hatte seine Karriere zehn Jahre zuvor im Bochumer Süden gestartet und unterwegs so viele Illusionen verloren, daß ihn nichts mehr aus der Bahn warf.

Schließlich räusperte sich Roggenkemper und streckte seinen Igelkopf vor: »Können wir zum Kern kommen?«

»Stankowski hat ja doch Geschmack!« meinte Wiemann und legte das Foto behutsam auf den Schreibtisch. Roggenkemper kassierte es ein und schob es zusammen mit dem Begleitbrief des Absenders in einen braunen Briefumschlag zurück. Sorgsam barg er die Beute in der Außentasche seines Anzugs.

»Die Zeit drängt!« sagte er barsch. »Draußen wartet ein gutes Dutzend Journalisten. Wenn einer von denen merkt, daß Stankowski einen triftigen Grund hatte, aus den Latschen zu kippen, wissen es bald alle.«

Er sah sich um: »Wie geht es ihm eigentlich?«

Pennekamp schüttelte seine Ohren: »Hugenberg vom Landesvorstand ist bei ihm. Er will sich melden, sobald er etwas weiß.«

Roggenkemper rümpfte die Nase: »Fassen wir zusammen.

Kollege Stankowski ist anscheinend Opfer einer Erpressung...«

»Was heißt anscheinend?« murrte Golowski. »Auf dem Zettel steht: *Die Negative kosten 50.000...*»

»Fünfzigtausend was?« fragte Pennekamp.

Roggenkemper schickte ihm einen von diesen Blicken hinüber: »Nehmt ihr in Bochum schon Zloty an?«

»Aber, aber«, mahnte der Referent und hob beide Arme. Seine glatten Handteller waren von makellosem Weiß. Anders als Roggenkemper und Domagalla hatte er seine Parteikarriere nicht im Pütt begonnen.

Golowski nickte ihm dankbar zu und wiederholte auswendig, was in den zusammengeschnittenen Buchstaben auf dem Zettel stand: »*Die Negative kosten 50.000. Sie haben 24 Stunden Zeit.* – Ist das was anderes als Erpressung?«

Pennekamp hatte sich offenbar zu etwas durchgerungen, was er für eine eigene Meinung hielt. Er stand auf und schaute auf Roggenkemper hinab: »Ich weiß nicht, ob es gut war, daß du uns das Foto gezeigt hast. Damit hast du uns mit 'reingezogen. Ich wäre froh, wenn ich davon nichts wissen würde.«

Er blickte sich um, aber keiner seiner Kollegen machte Anstalten zum Aufbruch. Golowski zog ihn auf den Stuhl zurück: »Laß das Theater. Du bist hier nicht im Rathaus...«

Die anderen nickten, und Roggenkemper fuhr fort: »Ich denke, ich brauche in unserem Kreis nicht auszuführen, daß die Sache mit dem Foto nicht Stankowskis Privatsache ist. Er ist Oberbürgermeister – und zwar einer unserer profiliertesten. In vier Monaten sind Wahlen. Wenn er Probleme kriegt, haben wir auch welche...«

»Quatsch doch nicht!« unterbrach ihn Domagalla. »Oberhausen kann uns nicht jucken. Und dich schon gar nicht.«

»Aber, aber!« wiederholte sich der Persönliche.

»Er kann vögeln, mit wem er will«, fuhr Roggenkemper fort. »Aber wenn er erpreßbar wird, geht uns das alle an...«

Die Runde blieb stumm. Wenn Dattelns Boß sonst von Solidarität redete, war seine Stadtkasse leer.

»Ihr wißt, ich bin oft anderer Meinung als Roggenkemper«, schaltete sich Wiemann ein. »Aber diesmal stimme ich ihm zu. Das Ruhrgebiet hat eine Schlüsselstellung, und ein Skandal kann einen Erdrutsch in die falsche Richtung auslösen. Wenn dann beim nächsten Parteitag Schuldige gesucht werden, fällt garantiert jemandem das Stichwort 'Generationswechsel' ein. Dann seid ihr auch dran...«

Sie glotzten ihn an wie Schneemänner die Frühlingssonne.

»Außerdem halte ich es für unsere Pflicht als seine Parteifreunde, ihm in dieser schwierigen Situation zu helfen. Wer sonst könnte das tun? Marlies?«

Domagalla lachte bellend auf. Stankowski und er hatten ihre Frauen in einem Zeltlager der Parteijugend bei Den Helder kennengelernt, wo die resolute Marlies mit ihrem Akkordeon zu »Rucki-Zucki« und »Laurenzia« aufspielte. Eine Ewigkeit war das her, aber wenn Marlies keinen Rost angesetzt hatte, gab es für den drei Jahre jüngeren Gatten kein Pardon. Und Panzerstahl rostete nicht so schnell.

»Wozu haben wir eigentlich eine gut funktionierende Polizei?« meinte Pennekamp. Nicht nur auf den Augen kurzsichtig, war er immer für das Nächstliegende.

»Willst du den Reps Wahlkampfmunition liefern?« fragte Golowski.

»Wie kommst du darauf?«

Wiemann sah ihn an: »Kennst du nicht Schönhubers neue Telefonnummer?«

»Nee!« sagte Pennekamp. »Wieso?«

»110!« meinte Wiemann und grinste. Er blieb der einzige, der das komisch fand.

Es klopfte. Roggenkemper erhob sich, drehte den Schlüssel und öffnete die Tür gerade so weit, daß der Geschäftsführer des »Maritim« seinen Kopf zwischen Blatt und Balken schieben konnte: »Entschuldigung, daß ich störe. Benötigen Sie mein Büro noch lange?«

Roggenkemper sah ihn kühl an: »Geben Sie uns noch zehn Minuten?« In diesem Ton hätte er auch zehn Stunden bekommen.

Der Mann nickte und mußte sich mit beiden Händen dagegen wehren, daß Roggenkemper seinen Hals in der Tür einklemmte. »Hier draußen wartet Herr Hugenberg…«

»Immer rein mit ihm!« rief Domagalla.

Roggenkemper knurrte. Er gab die Kommandos lieber selbst.

»Gipfeltreffen?« flachste Hugenberg, aber der Witz kam nicht an.

»Was ist mit *ihm*?« fragte Roggenkemper scharf.

»Hält schon wieder Reden. Aber die Weißkittel wollen ihn noch durchchecken. Wißt ihr, wo der Umschlag ist?«

»Welcher Umschlag?« fragte Pennekamp.

»Den ich ihm während der Rede hochgereicht habe…«

Wenn Blicke wirklich töten könnten, hätte sich Hugenberg in ein Teesieb verwandelt. Aber er merkte nichts: »Ich habe schon auf dem Podium gesucht. Nichts. Und die Saalmannschaft hat ihn auch nicht gefunden…«

Irritiert stoppte er.

»Wo stammt der Brief her?« fragte Golowski.

Hugenberg zog die Schultern hoch. »Keine Ahnung. Ich stand in der Tür. Irgendwer hat ihn mir von hinten zugesteckt. Sagte, es wäre sehr dringend.«

»Wer?« fragte Roggenkemper.

»Weiß ich doch nicht. Da waren jede Menge Leute.«

Roggenkemper zog den Umschlag aus der Jacke und hielt ihn Hugenberg vor die Nase: »Der hier?«

»Klar. Gib her!«

»Weißt du, was drin ist?« wollte Golowski wissen.

»Nee. Peter hat mich nur die ganze Zeit genervt, ich solle bloß nicht mit leeren Händen wiederkommen!«

»Dann guck mal 'rein!«

Mit einer Mischung aus Neugier und Schadenfreunde beobachteten die anderen, wie Hugenberg den Inhalt herauszog. Aber er tat ihnen den Gefallen nicht, sondern betrachtete das Foto und den Zettel, ohne eine Miene zu verziehen.

»Wer ist die Dame?« fragte Roggenkemper.

»Keine Ahnung. Ich merke mir nur die Gesichter...«

Wiemann grinste.

»Den Titten nach«, urteilte Golowski, »war das die Rote, mit der er Lambada getanzt hat.«

Hugenberg starrte noch einmal auf das Foto und überlegte: »Carmen... Carmen Sowieso – die Neue von *projekt ruhr*. Ich hab' den Namen auf der Liste...«

Er schob Bild und Brief in die Hülle zurück. Roggenkemper streckte die Hand aus, aber der Organisationsexperte aus dem Landesvorstand steckte das Kuvert in die eigene Jacke. Der Igelkopf trug die Niederlage ohne Wimpernschlag.

»Und jetzt?« fragte Hugenberg.

Golowski grinste: »Wofür bist du eigentlich beim Landesvorstand zuständig?«

»Organisationsfragen...«

»Eben!« nickte der lange Bochumer. »Dann organisier' uns das Problem mal weg!«

5.

«Mach mal Kaffee!« forderte Mager und deutete mit einer gekonnten Kopfbewegung auf die leere Thermoskanne.

Die Frau mit dem roten Afrokopf sah nicht einmal von ihren Rechnungen auf: »Das gehört nicht zu meinem Job...«

Die Nasenflügel des Dicken blähten sich. Vor zwei Jahren hatten sie Karin Jacobmayer für halbe Tage eingestellt, und seitdem fühlte er sich um das Doppelte gealtert: Das Mädchen reagierte auf seine Macho-Allüren äußerst abweisend und war besonders halsstarrig, wenn er den Chef herauskehren wollte. Und Magers Partnerin, die sechzig Prozent der Anteile und ihn damit in Schach hielt, gab ihr auch noch recht.

»Hier!« Karin schob ihm drei Papierstapel hinüber. »Wir stehen mit zweiundvierzigtausend in den Miesen. Den ersten Packen müssen wir sofort bezahlen, den mittleren innerhalb von vier Wochen, und den letzten können wir noch schieben.«

Verdrossen musterte Mager das Ergebnis ihrer Arbeit. Das Päckchen mit den scharfen Warnungen war am größten, das mit den ersten und zweiten Mahnungen nur unwesentlich kleiner. Frische Rechnungen gab es lediglich drei oder vier. Umgekehrt hätte die Welt freundlicher ausgesehen.

Der Dicke blätterte den ersten Stapel durch und prüfte die Namen der Gläubiger. Nach langem Suchen fand er zwei Firmen, bei denen sich ein Anruf lohnen konnte: Vielleicht gelang es ihm, die Chefs noch vier Wochen zu vertrösten. Doch selbst wenn das klappte, mußten achttausend sofort überwiesen werden – oder sie bekamen Ärger mit dem Amtsgericht.

»Was ist mit den Außenständen?«

Die Rote schob ihm ein weiteres Päckchen hinüber: »Zwölftausend. Aber die meisten haben noch Frist.«

Mager starrte auf die triste Vorstadtstraße hinaus. Der Wind trieb eine zerfetzte Zeitung durch die staubige Gosse. Wenn nicht bald etwas passierte, drohte der Firma dasselbe Geschick. PEGASUS, das beste Filmteam im Dortmunder Westen, stand vor der Pleite.

In einer Art bedingtem Reflex tastete Magers rechte Hand nach dem Schloß, das die Lamellentür seines Schreibtischs hielt. Der Calvados in seinem Privatfach hatte schon über manche Firmenkrise hinweggeholfen.

»Sauf doch«, sagte die Rote und ließ ihre Locken wippen. »Wenn sie dich erst in Langenberg trockenlegen, wird sich das Betriebsklima hier gewaltig verbessern!«

Wortlos ließ Mager die Flasche los und erhob sich, um Kaffee aufzusetzen. Eines Tages würde er es ihr heimzahlen.

Die Tür ging. Auf dem engen Flur, der die beiden Büros vom Technikraum der Firma trennte, erschien eine schmale Blonde, die ein gutes Stück älter als die Rote, aber noch längst nicht bei Magers achtunddreißig gelandet war.

»Gewonnen!« rief sie und stellte eine pralle Plastiktüte auf den Tisch, in der es verdächtig klirrte. Sie schüttelte ihr kurzes Haar, hängte den Blazer auf und warf die Post auf Karins Schreibtisch. Dann griff sie in die Tragetasche und beförderte zwei Flaschen mit echtem Champagner, ein Baguette, Butter und ein flaches Schraubglas mit rotem Kaviar ans Tageslicht.

Fassungslos starrte Mager auf den Reichtum: »Bist du übergeschnappt?«

»Was hat er denn heute?« erkundigte sich Susanne Ledig bei Karin.

»Das alte Kaffeespiel. Außerdem hat der Chef vom *Reinoldus* angerufen. Kalle hat seiner Geschichtslehrerin einen Pariser ins Klassenbuch gelegt...«

»Wo er den wohl her hat?« feixte Susanne. Soweit sie Magers Eheleben kannte, wurden solche Requisiten dort schon lange nicht mehr gebraucht.

»Kopf hoch, Klaus-Ulrich!« sagte sie und zog einen Scheck aus ihrem schwarzen Lacktäschchen: »Fünfundzwanzigtausend!«

Der Greifarm des Dicken war schon unterwegs, doch dann stoppte er: »Roggenkemper?«

Die Chefin nickte. Mager zog die Hand zurück, als hätte er sich über einem dampfenden Wasserkessel verbrüht. »Hurenlohn nehme ich nicht...«

Vor zwei Wintern hatte PEGASUS einen Werbefilm für

die *Stadt an den vier Kanälen* gedreht, der das Nest als idealen Standort für Industrie und Bundeswehr anpries. Dabei waren sie auf ein paar Skandale gestoßen, wie man sie nicht jeden Tag erlebte. Aus Rache hatte Roggenkemper die Auszahlung des Honorars immer wieder verzögert. Die beteiligten Rechtsanwälte hatten nichts dagegen.

»Hurenlohn«, wiederholte Mager und blickte verächtlich auf den Scheck.

Susanne zog die Schultern hoch: »Wie du willst. Du kannst das nächste Gehalt ja aufs Firmenkonto zurücküberweisen…«

Mager nahm die »Rundschau« von der Ablage und stand auf.

»Klaus«, sagte Susanne versöhnlicher. »Stell dich nicht so an. Wann gibt's hier schon mal was zu feiern…«

»Gib's den Schweinen!«

Beim Hinausgehen warf er noch einen Blick auf den Scheck. Daß Datteln zahlte, wollte ihm nicht in den Schädel. Er nahm das Blatt und las die Eintragungen Zeile für Zeile durch. Dann lachte er bitter auf.

»Was ist?« fragte die beiden Frauen erschrocken.

Mager hielt Susanne den Wisch unter die Nase: »Guck mal genau hin, du Idiotin!«

Die Blonde starrte ratlos auf das Blatt.

»Die Unterschrift!«

Susannes Augen flackerten, aber dann entspannte sie sich: »Gerd Roggenkemper. Ist doch alles…«

»Eben nicht!« trimphierte ihr Compagnon. »Als Bürgermeister ist Roggenkemper gar nicht berechtigt, kommunale Gelder auszugeben! Entweder besorgst du dir die Unterschrift vom Stadtdirektor oder Kämmerer, oder du kannst den Scheck aufs Klo hängen!«

Wortlos griff Susanne zum Telefon.

Mager setzte sich gegenüber den beiden Büros ins Studio. So

jedenfalls nannte er die vierzig Kubikmeter Tabakqualm, in denen er Filme schnitt und Bänder aufbewahrte. Er schlug die Zeitung auf und lernte die Ergebnisse der Dortmunder Kreisligen auswendig. Der Staub auf den Regalen konnte warten.

Es klingelte.

Mager rührte sich nicht von der Stelle. Wenn er das Läuten lange genug ignorierte, würde sich eine der PEGASUS-Frauen bemühen. Reine Nervensache.

Es klingelte erneut. Als Karins Stöckelschuhe auf dem Flur ein paar neue Löcher in das Linoleum stanzten, nickte er zufrieden.

»Ja, bitte?« hörte er sie fragen.

Eine tiefe Männerstimme antwortete ihr: »Guten Tag. Mein Name ist Hugenberg…«

6.

»Mensch, ist das ’ne Bruchbude!« stöhnte Hugenberg, als er die Risse in den Wänden gezählt hatte. »Stürzt der Schuppen nicht ein, wenn du dir einen ’runterholst?«

Er setzte sich und schüttelte den Kopf. Offenbar hatte er Magers Erzählungen vom Weltformat der Firma etwas zu wörtlich genommen.

»Dieser Kohlenkasten hat doch mindestens achtzig Jahre auf dem Buckel..«

»Neunzig«, korrigierte der Kameramann und steckte sich eine Selbstgedrehte an. »Aber die Stadt hat alle Umbaupläne abgelehnt. Du weißt ja, wie sich die Behörden heutzutage bei Industriedenkmälern anstellen…«

Hugenberg musterte ihn. Daß Zechenhäuser mit Bergschäden unter Denkmalschutz standen, war neu. Doch der Dicke wich seinem Blick nicht aus. Wie jeder gute Filmkünstler war er davon überzeugt, daß seine Sicht der Dinge auf einem wahren Kern beruhte, den die anderen nur noch nicht kannten.

»Kaffee? Calvados?«

»Beides...«

Mager sprang auf und riß die Tür auf: »Frau Jacobmayer, wenn Sie uns einen Kaffee servieren könnten? Und bringen Sie doch gleich die Privatflasche und zwei Gläser mit...«

»Sofort, Herr Mager!« flötete es über den Flur. Wenn ein Filmauftrag winkte, hatte der Emanzipationskampf Pause.

Mager setzte sich wieder auf seinen Drehstuhl: Die Antwort der Roten hatte sein Selbstbewußtsein enorm gestärkt.

»Wo brennt es denn?«

Hugenberg schluckte: »Kannst du die Schnauze halten?«

Mager nickte: »Das ist das Wertvollste, was ich in meiner Ehe gelernt habe!«

»Im Ernst: Was ich dir jetzt erzähle, ist nichts für den Stammtisch. Haben wir uns verstanden?«

Mager seufzte: »Mach mal eine Andeutung!«

»Stankowskis Umfall. Wunderschön gefilmt übrigens, wie ich in der *Aktuellen Stunde* gesehen habe...«

Mager riß sich vor Verlegenheit ein Ohrläppchen ab: »Bei solchen Komplimenten werde ich immer wehrlos... Okay, ich schweige wie ein Grab. Was ist Sache?«

»Erpressung.«

Trocken berichtete Hugenberg, was Stankowski am Vortag aus den Socken gehauen hatte.

Mager hörte gelangweilt zu. Das änderte sich schlagartig, als der Besucher das Beweismaterial auf den Tisch legte: ein gestochen scharfes Foto in DIN-A-5. Der Schnappschuß zeigte den massigen Oberbürgermeister rücklings auf einer Couch liegend, während eine schlanke Dame zwischen seinen Beinen hockte und nach einem verlorenen Dauerlutscher suchte. Stankowski, von Suff und Lust überwältigt, war in wünschenswerter Klarheit zu erkennen, aber das Gesicht der Dame wurde von den herabhängenden Haaren verdeckt.

Statt dessen präsentierte sie Mager ein prächtiges Paar praller Glocken.

»Und jetzt?« fragte der Dicke, als er wieder sprechen konnte.

»Zahlen, stellen, unschädlich machen!«

Mager schüttelte den Kopf: »Blödsinn...«

Er hatte in den letzten zwei Jahrzehnten mehr als tausend Kriminalromane gelesen und wußte, daß sich die weiche Tour nicht auszahlte: »Abfangen und was auf die Schnauze hauen – das ist die einzige Masche, die zieht. Wenn Stankowski nur einmal zahlt, kommt der Kerl wieder...«

»Der Krisenstab ist anderer Meinung.«

»Der – was?« fragte Mager.

»Krisenstab. Die wichtigsten Leute aus der Gegend. Sie wollen dem Verfassungsauftrag nachkommen, von ihren Bürgern Schaden abzuwenden...«

»Hör doch mit dem Scheiß auf!« sagte Mager. »Wenn da einer Schaden nehmen kann, geht es um Stankowskis Partei...«

»Das ist auch meine...«

»Interessant!« sagte Mager und pfiff durch die Zähne. »Daß die dich nach diesen wilden Jahren überhaupt wieder genommen haben...«

»Ich war nie draußen!« gestand Hugenberg. »Meine Mutter hat während des Studiums die Beiträge weitergezahlt. So 'ne Art Rentenversicherung...«

Mager musterte den Kumpel: »Warum kommst du mit der Geschichte überhaupt zu mir? Willst du die Exklusivrechte an der Story verhökern?«

»Es gibt keine Exklusivrechte«, sagte Hugenberg. »Es gibt nicht einmal eine Story. Du sollst mir nur helfen, den Typ zu identifizieren...«

Mager stockte der Atem.

»Ich bin doch kein Privatdetektiv«, protestierte er. »Außerdem: So etwas ist Bullensache...«

»Keine Polizei!« fiel ihm Hugenberg ins Wort. »Wenn die Sache bei den Bullen landet, ist Stankowski erledigt. Und die Partei vermutlich auch.«

»Und warum nehmt ihr keine Detektei?« setzte Mager nach. »Es gibt doch genug Schnüffler, die ihr den Arbeitslosen auf den Hals hetzt...«

Hugenberg schüttelte den Kopf: »Du warst doch früher nicht so blöd. Alles, was ansatzweise offiziell ist, scheidet aus. Die einzigen, die unverdächtig recherchieren können, sind Journalisten. Keiner wird auf dumme Gedanken kommen, wenn du dich an Stankowski 'ranhängst. Schließlich hast du seinen Zusammenbruch gefilmt....«

»Ich bin aber noch immer nicht in eurem Verein!«

»Wenn du in der Partei wärst, hätte ich dich gar nicht gefragt. Da wird viel zuviel gequatscht.«

Mager zögerte und zog das Gesicht, das er sich eigentlich für die erste Heimniederlage der Borussia aufsparen wollte: »Hör mal, der Typ vervögelt meine Steuergroschen, zieht ein Projekt durch, bei dem das halbe Ruhrgebiet ausblutet, wenn die Leute nur noch in Oberhausen einkaufen – und ausgerechnet ich soll ihm aus der Scheiße helfen...«

»Du sollst es nicht umsonst tun«, lockte Hugenberg. »Wir haben da einen Fonds, aus dem wir deine Kosten bezahlen.«

Magers Miene klarte ein wenig auf: Das Schlüsselwort war gefallen.

»Fonds hört sich gut an! Aber ich habe jede Menge Arbeit. Wichtige Aufträge aus dem Ausland....«

Hugenberg kannte das Ritual und grinste.

»Sind zwei-komma-fünf genug?«

Mager brütete.

»Siebeneinhalb«, sagte er dann.

Sie einigten sich bei fünf.

»Also, dann hör zu...«

Hugenberg zog ein Blatt aus der Tasche: »Das sind alle, die

um zwölf noch auf der Fete waren. Wer bis zum Schluß geblieben ist, weiß ich nicht – Stankowski ist zwar über den Berg, aber nicht besonders gesprächig. Außerdem war er wohl so geil, daß er nur noch auf die Tussi geschielt hat. Aber einer auf der Liste hat sich hinter dem Sofa versteckt oder dem Fotografen die Tür aufgelassen…«

Mager zog sich das Blatt an Land und überflog die Liste:

Böhmer, Horst: Journalist, Bochum; **X**
Domagalla, Willi: Bürgermeister, Hattingen;
Golowski, Hans: Fraktionschef, Bochum;
Hauknecht-Sobolewski, Carmen: Journalistin, Mülheim; **X**
Hugenberg, Bernd: Landesvorstand, Düsseldorf;
Lehnert, Kurt: Fraktionschef, Oberhausen;
Ranke, Thorsten, Journalist, Herten; **X**
Rausch, Walter: Journalist, Dortmund; **X**
Roggenkemper, Gerd: Bürgermeister, Datteln;
Scholz, Friederike: Roggenkempers Sekretärin, Datteln;
Schwarzhof, Jutta, Ratsfrau, Hattingen;
Stankowski, Peter; Oberbürgermeister, Oberhausen.

»Und was sollen die Kreuze hinter den vier Namen?«

»Guck dir die Berufe an. Pressefritzen. Die sind am ehesten in der Lage, unauffällig so saubere Fotos zu machen…«

»Und du? Kannst du nicht fotografieren?«

»Idiot!« sagte Hugenberg und erntete damit ein dankbares Lächeln bei der PEGASUS-Sekretärin, die gerade hereinkam, um die Getränke zu servieren. Sie schaffte es, ohne Mager einen halben Liter Kaffee auf die Jeans zu kippen.

»Stankowski hat mich vor zehn Jahren nach Oberhausen ins Presseamt geholt und mir dann den Job beim Landesvorstand besorgt«, erzählte Hugenberg, nachdem die Rote sich diskret zurückgezogen hatte. »Warum sollte ich ihn abschießen?«

»Was weiß ich von deinen geheimen Gelüsten«, sagte Mager. »Vielleicht bist du selber auf seinen Posten scharf…«

»Quatsch. Die Stelle des Kronprinzen ist in Oberhausen schon vergeben…«

Sie prosteten sich zu.

»Komische Gesellschaft«, sagte Mager, als er die Namensliste genauer studierte. »Waren nur Provinznester eingeladen?«

Hugenberg schüttelte den Kopf: »Die Großen haben Höflichkeitsbesuche gemacht und waren bald wieder weg.«

»Und die Kleinen sind eine Truppe für sich?«

Hugenberg zuckte die Achseln.

»Warum hat Stankowski die Fete überhaupt veranstaltet?«

»PR-Effekt. Der ganze Ruhrpott redet davon, Oberhausen wäre pleite. Wenn das so weitergeht, glauben die Leute in OB noch selbst daran. Haste ja an der DDR gesehen, wie so etwas klappt. Und da wollte Stankowski eben ein Zeichen setzen. So nach dem Motto: Seht her, Oberhausen lebt!«

»Was ihm ja auch gelungen ist!« sagte Mager und tippte auf das Foto. Hugenberg verkniff sich einen Kommentar.

»Roggenkemper…«, sinnierte Mager. »Wo der auftaucht, stinkt es.«

Hugenberg machte wieder diese Geste: »Roggenkemper hat natürlich auch um das TRC-Projekt gepokert. Er sucht was Passendes für das Zechengelände am Kanal…«

»Das wäre doch ein gutes Motiv!«

»Der hat doch keine Chance. Datteln müßte das Gebiet doch erst sanieren. Selbst wenn das Land die Hälfte übernimmt, bekommen die den Rest nicht zusammen.«

Es piepste. Hugenberg griff in die Tasche und sorgte für Ruhe. »Kann ich mal telefonieren?«

Mager zeigte ihm den Weg. Karin wußte, was sich gehörte, und ließ ihn allein. Als sie ins Studio kam, hantierte Mager mit Fotoapparat und Stativ herum. Bevor sie etwas sagen konnte, legte er den Zeigefinger an die Lippen. Neugierig trat sie näher.

»Du bist und bleibst ein Ferkel«, flüsterte sie.

»Klappe!« zischte er, schaltete die Fotoleuchte aus und legte den Stankowski-Schnappschuß auf den Tisch zurück. Eine Sekunde später war Hugenberg wieder da.

»Er hat angerufen!« rief er und verstummte, als er Karin erblickte. Magers Daumen scheuchte sie hinaus.

»Wer?« fragte der Dicke.

»Der Erpresser. Wir sollen heute abend das Geld hinterlegen. Auf einem Friedhof in Hattingen…«

»Und woher bekommst du den Schotter?«

»Naja, der Sonderfonds…«

»Das wäre ein schönes Thema für uns«, grinste Mager und zog Hugenberg mit in Karins Büro. »Laß uns jetzt die Journalisten anrufen.«

Während Karin Jacobmayer die Telefonnummern erfragte, wies Mager noch einmal auf das Stankowski-Foto: »Wer ist die Dame überhaupt?«

Hugenberg sah auf die Liste: »Diese Hauknecht-Sobolewski. Sitzt in Mülheim.«

»Weiß die schon von ihrer Karriere als Fotomodell?«

»Bloß nicht. Je weniger Leute wir einweihen…«

»Wie ist das eigentlich: Kannst du dir über alle Anwesenden Dossiers besorgen?«

Hugenberg dachte nach.

»Beim Innenministerium?« drängte Mager.

»Schwer. Vielleicht über die Journalisten und die Sekretärin. Aber die Akten der Politiker – unmöglich.«

Karin Jacobmayer hatte die Liste mit den Telefonnummern fertig und begann zu wählen. Rausch von der »Rundschau« und Böhmer von der Gewerkschaftszeitung waren sofort zu einem Gespräch bereit. Bei Ranke in Herten ließ Karin es voll durchklingeln, ohne daß einer abhob. Und dann hatte sie das »projekt ruhr« an der Strippe, das Yuppie-Magazin aus Mülheim.

»Ich hätte gerne Frau Hauknecht-Sobolewski gesprochen...«

Sie wurde offenbar weitergereicht; jedenfalls wiederholte sie den schönen Namen ein paar Augenblicke später.

»Wie bitte?«

Die Rote sah die beiden Männer alarmiert an. Mager beugte sich schnell vor und schaltete den Raumlautsprecher ein.

»Diese Dame schreibt nicht für uns. Ehrlich gesagt: Ich habe diesen Namen noch nie gehört...«

7.

Der Friedhof am Rande der Hattinger Altstadt war lange Jahre eine verborgene Idylle gewesen: Im Westen und Süden schirmten ihn die Jugendstilhäuser der Augusta- und Viktoriastraße ab, nach Osten, zur Roonstraße hin, deckten ihn das Rathaus, eine Turnhalle und das Lyzeum, und der enge Zugang an der Bismarckstraße war in eine dichte Hecke gebettet, die den Verkehrslärm um einige Dezibel dämpfte.

Im Herbst 78, als das Gymnasium in ein Schulzentrum eingegliedert wurde, schlug der Wahnsinn zu: Statt den schönen Bau gründlich zu sanieren, wurde er geschleift. Mit der Penne verschwanden auch die Pappbaracken auf dem Schulhof und eine Villa an der Roonstraße. Auf der so gewonnenen Freifläche wollte sich der Stadtdirektor ein Denkmal setzen: einen gigantischen Rathausneubau, der selbst richtige Städte in den Ruin getrieben hätte.

Doch daraus wurde nichts. Das rote Dreigestirn im Rat – zwei Hüttenarbeiter und eine Lehrerin – rechnete der Bevölkerung die Baukosten vor und wurde dafür von der Architektenmafia der Stadt fast gesteinigt. Doch das Luxusprojekt war passé. Zurück blieb eine Planungsbrache, die der wendige

Verwaltungschef kurzerhand teeren und zum Parkplatz umwidmen ließ. So mußte die Belegschaft des Gottesackers vor allem an den Markttagen noch im Grab die Abgase weiterschlucken, die einen beträchtlichen Teil von ihr vorzeitig unter die Erde gebracht hatten.

Punkt acht kletterte Mager aus Karins VW-Käfer und sah sich auf dem Parkplatz um. Das Terrain vor seinen Augen schien für den Deal denkbar ungeeignet: Vor der Turnhalle probten ein paar Skateboard-Akrobaten den kollektiven Selbstmord, am Nordende hatte sich ein Club Fiesta-Fahrer versammelt, und vom Balkon einer maroden Villa an der Roonstraße ließ eine Künstlerkommune die »Einstürzenden Neubauten« durch den Abend dröhnen. Alle Anwesenden hatten einen guten Blick auf das Gräberfeld.

Mager holte die Blumen vom Rücksitz, schloß ab und machte sich auf den Weg. Er schaffte es, den Platz zu überqueren, ohne von einem Skater niedergewalzt zu werden, und schlenderte den schmalen Weg zwischen Turnhalle und Friedhofszaun entlang, der in den kleinen Parkplatz hinter dem Rathaus mündete. Hier, am äußersten Ende des Friedhofs, gab es einen zweiten Eingang. Mager durchschritt ihn, Trauer im Blick.

Geduldig kämmte er die Reihen durch und las stumm die Namen mit. Nach zehn Minuten war er am Ziel. Erwin Dreybroth (1872 – 1956) hatte sich in der Südwestecke im Schatten einer hohen Hinterhofmauer versteckt.

Ergriffenheit heuchelnd, beugte Mager den Nacken. Einen Augenblick lang überlegte er, ob er zur Tarnung die Hände falten sollte. Aber das war eine Geste, die er nie gelernt hatte. So stand er stramm und ließ die Augen wandern.

Dreybroths Türschild war von Industrieabgasen verwittert, die Vergißmeinnicht waren in der Hitzeperiode verdorrt, und auf der steinernen Einfriedung kränkelte eine dünne Schicht Moos dem Herbst entgegen. Das ewige Angedenken, das die Hinterbliebenen auf dem Grabstein gelobt hatten, war schneller verblaßt als die Inschrift.

Mager bückte sich und legte Erwin das Grünzeug auf den Bauch. Liebevoll wischte er mit einem Schnupftuch ein paar Regenspritzer von der Marmorplatte und inspizierte die Rückseite des Steins. Die Kaninchenkuhle zwischen Grab und Mauer war tief genug, um das Paket mit dem Geld aufzunehmen.

Aus der Hocke musterte der Dicke die Umgebung. Der Platz war gar nicht so schlecht, wie er zunächst gedacht hatte. Die unvermeidlichen Stechpalmen und Korniferen, die Erwins Reihe vom nächsten Weg trennten, tarnten seine Behausung zum Parkplatz hin, und die Hofmauer erwies sich als hoch genug, um Dreybroth vor der Neugier seiner lebenden Nachbarn in der Augustastraße zu schützen. In einer halben Stunde würde die Anlage in der Dämmerung versunken sein. Blieb die Frage, wie der Unbekannte den Schauplatz unerkannt betreten und verlassen wollte...

Mager fischte den dicken, in wasserdichte Folie gehüllten Umschlag aus der Jackentasche und stopfte ihn in die Kuhle. Dabei seufzte er, als stammten die 50.000 Schleifen von seinem Firmenkonto.

Roswitha Steinacker (1904-1957), Erwins Nachbarin zur Linken, schien Magers Sorgen zu verstehen. Zumindest erhob sie keine Einwände, als er eine leere Steckvase von ihrem Deckgebirge pflückte, um das Versteck zu tarnen.

Ächzend erhob er sich, nickte Erwin und Roswitha noch einmal zu und marschierte zurück. Sekunden später surrte der Käfer die Ausfahrt hoch und bog nach rechts, zum Rathaus ab.

»Beobachten, nichts als beobachten!« hatte Hugenberg ihm eingeschärft. »Keine Heldentaten – verstehst du?«

Mager hatte verstanden. Er lenkte den Wagen am Rathaus vorbei und umkurvte die weite Rasenfläche, die ihr sattes

Grün den vielen Renommierhunden der Umgebung verdankte. Im Schatten der Büsche, die das größte Hundeklo diesseits der Elbe vor dem Westwind schützten, fuhr Mager in eine Parkbucht und stieg wieder aus.

Zwanzig Schritte vor ihm öffnete sich die Durchfahrt zum Hinterhof des Rathauses, wo Karin im Lada auf ihn wartete: mit einem wunderbaren Ausblick auf die Rückseite der Turnhalle und den Nebeneingang zum Friedhof.

»Na?« sagte Mager und ließ sich auf den Fahrersitz sinken.

»Zwei Oskars auf einmal«, sagte Karin. »Einen für die Geheimdienstmanöver und einen für die Trauer. Ich wußte gar nicht, daß hier deine Jugendliebe liegt...«

»Zisch ab!«

»Ich weiß nicht«, zögerte die Rote. »Und wenn er einfach aus einem dieser Häuser da drüben kommt und über die Hofmauer klettert?«

Mager überlegte und schüttelte den Kopf: »Glaub ich nicht. Wer sich da eine Wohnung leisten kann, hat keine Möbel von Ikea mehr. Der läßt keinen Fremden in den Hausflur...«

»Und wenn der Typ da wohnt?«

»Blödsinn. Eine solche Transaktion unter dem eigenen Küchenfenster?«

»Vielleicht ist das der Trick an der Sache...«

Mager stöhnte: »Vielleicht, vielleicht! Vielleicht hat er sich auch eine Tüte Londoner Nebel schicken lassen...«

Karin schluckte die Antwort herunter und suchte nach der Türklinke: »Wo steht der Käfer?«

»Wie abgesprochen – gegenüber der Zahnarztpraxis...«

Sie stieg aus. Mager holte das Walkie-Talkie aus der Ablage und schaltete es ein. Sekunden später hatte er Empfang: Die Tür des VW hatte sich geöffnet.

Mager sah sich um. Außer dem Lada standen nur noch vier andere Fahrzeuge hinter dem Rathaus. Karin hatte so einparken können, daß ihm keines von ihnen die Aussicht nahm – montags abends war in Hattingen zum Glück tote Hose.

Es knackte im Lautsprecher – Karin hatte die Antenne durchs Fenster geschoben: »Alles klar, amigo.«

Mager nickte: Auch der Eingang an der Bismarckstraße war nun unter Kontrolle. Er stellte die Rückenlehne weiter zurück und machte es sich bequem. Jetzt kam alles auf das Sitzfleisch an...

Zwei Bierdosen später hatte Mager das Spielchen endgültig satt. Insgesamt sieben männliche Bewohner der Stadt hatten vor seinen Augen ihre Dünnsäure verklappt, und aufschlußreich war nur, wo sie es jeweils taten: Einer benetzte die Wand der Turnhalle, zwei schifften an das Mäuerchen neben der Ausfahrt, während die restlichen vier direkt ans Rathaus pißten...

Mager starrte nach vorn, auf die hellen Pfeiler, die den Nebeneingang bewachten. Niemand wollte hindurch.

Die kleine Pforte lag jetzt im Dämmerlicht einer Laterne, die den schmalen Durchgang zwischen Friedhof und Turnhalle beleuchten sollte. Niemand stieg hinüber.

Mager bückte sich und zündete im Schutz der Seitenwände die neunte Zigarette an. Als er wieder auftauchte, schwankte ein starker Lichtschein heran. Der Wagen hielt schräg hinter dem Lada.

Der Kameramann zog den Kopf ein und drückte die Zigarette wieder aus. Hielt den Atem an, wartete. Auf das Klappen der Wagentür, auf die Schritte, auf den Sprung über die niedrige Pforte...

Als Mager bis hundert gezählt hatte, schob er seinen Schädel im Schutz der Kopfstütze so weit hoch, daß er in den rechten Außenspiegel blinzeln konnte. Im matten Licht erkannte er die Fronthaube eines Fiat Uno. Im Wageninneren sah er zwei Schatten, die sich einander näherten und miteinander verschmolzen.

Erleichtert atmete Mager auf und empfand zugleich eine

Art Hochachtung dafür, daß sie es in dieser Blechkiste überhaupt probierten...

Endlich flammten die Scheinwerfer wieder auf: Die beiden hinter ihm mußten nach Hause. Mager wäre am liebsten auch losgefahren: Die Füße waren taub, der Nacken schmerzte, und die Lungen brannten.

Er überlegte noch, ob er zuerst eine anstecken oder die Zehen massieren sollte – da passierte, worauf er den ganzen Abend gewartet hatte. Aber alles lief viel schneller und ganz anders ab, als er es sich ausgemalt hatte.

8.

»Mager!« schrie Karin plötzlich so laut, daß die Membranen dröhnten. »Ein Motorrad!«

»Was?«

»Schmeiß deine Kiste an...«

Mager suchte nach der Sprechtaste, aber da hörte er auch schon das Jaulen. Er sprang hinaus und rannte ein paar Schritte nach vorn, um sich das Schauspiel anzusehen. Ein einzelner, starker Scheinwerfer fräste eine gleißende Gasse in die Nacht und ließ lange Schatten über die Häuser im Hintergrund wandern. Kurz vor der Südwestecke bremste der Fahrer ab und bockte die Maschine auf. Der Lichttunnel knickte zur Seite weg und scheuchte Erwin Dreybroths Hauskaninchen auf. Ein Schatten bewegte sich auf den Marmor zu, bückte sich und machte kehrt. Auch ohne das Plexiglas des Schutzhelms hätte Mager auf diese Entfernung kein Gesicht erkennen können.

Sekunden vergingen, dann heulte die Maschine wieder auf. Die Lichtflut kam auf Mager zu und brannte ihm die Augen aus den Höhlen.

Da kommt der doch gar nicht durch, durchfuhr es Mager,

der sich unwillkürlich duckte. Der kann doch nicht diese Treppe…

Er wollte auch nicht. Der Unbekannte bog einfach wieder ab und jagte auf einem Parallelweg zur Bismarckstraße zurück…

»Er kommt zurück«, dröhnten die Membranen. »Er kommt zurück.«

Mager hetzte zum Lada, startete und zog ihn in eine enge Rechtskurve, trieb ihn zwischen Turnhalle und Rathaus zur Roonstraße hoch. Links frei, rechts frei – er trat erneut aufs Gas. Den Wagen, der vom Marktplatz her in die Roonstraße wollte, hatte er glatt übersehen. Knapp vor dem Kühlergrill des Fremden zog er nach links davon. Das Hupkonzert verfolgte ihn bis zur Ampel an der Bismarckstraße.

Rot.

Rot, verdammte Scheiße, rot. Und schon jagte vor ihm eine schwere Maschine vorbei – auf die Hütte zu, in Richtung Welper oder Bochum.

Immer noch Rot. Wo blieb Karin nur?

»Fahr, Mager, der Käfer streikt!«

Blick nach links, Blick in den Rückspiegel – und ab ging die Post. Als er den Wagen wieder in der Gewalt hatte, war das Rücklicht des Erpressers nur noch ein zuckender Fleck in der Ferne.

Mager beschleunigte auf satte Neunzig und raste an der Lärmschutzwand entlang, die den Schlaf der Bismarckbürger schützen sollte. Das ferne Rücklicht schien größer zu werden…

Dreh bloß nicht auf, flehte Mager, dreh bloß nicht auf.

Die Ampel an der Hüttenstraße sprang auf Grün, als Mager sich dem Motorrad bis auf hundert Meter genähert hatte. Der Dicke schwankte einen Moment und drückte wieder aufs Gas: Er brauchte die Nummer des anderen, und er brauchte sie jetzt. Denn noch fühlte der Typ sich sicher.

Aber wenn er einmal mißtrauisch war, würde er aufdrehen. Und dann hatte er mit dem Lada keine Chance…

Die Hütte entlang. Baustelle, Bodenwellen, Schlaglöcher. Zornig wie ein Ziegenbock sprang der Lada durch die Kurven, die Hinterachse stöhnte, die leeren Bierdosen auf dem Boden schepperten. Das Rücklicht des Erpressers kam nicht mehr näher, und sein Nummernschild blieb ein heller Schemen…

Endlich kam die vierspurig ausgebaute Zufahrt zur neuen Ruhrbrücke. Mager trat das Pedal durch. Der Bursche vor ihm passierte den Abzweig nach Welper bei Gelb, Mager bei Rot. Verbissen schaltete er in den fünften Gang und donnerte auf die lange, autobahnbreite Brücke hinaus. Wenn er den Kerl bis zur Königsallee nicht hatte, konnte er die Sache vergessen…

Im Rückspiegel leuchteten Scheinwerfer auf. Mager blickte kurz nach hinten und beschleunigte weiter. Die Tachonadel zitterte und gab die 140 wieder frei, doch die Lichter seines eigenen Verfolgers kamen näher…

Magers Magen ahnte es zuerst: So unverschämt waren selbst die Porschefahrer nicht, wenn sie sich auf der Sauftour nach Bochum ein Privatrennen lieferten.

Erneuter Blick in den Spiegel – auf dem Wagendach des anderen flackerte etwas Blaues auf. Und jetzt hörte er auch diese widerliche Alarmsignal.

Fluchend nahm Mager den Fuß vom Gas. Der grünweiße Passat zog vorbei, aus dem rechten Seitenfenster leuchtete die rote Kelle mit dem weißen Griff. Als die Fahrzeuge an der Bushaltestelle am Fuße des Henkenbergs zum Stehen kamen, war das Motorrad längst hinter der nächsten Kurve verschwunden.

»Scheiße!« schrie Mager und prügelte das Lenkrad.

Die Beifahrertür des Streifenwagens wurde aufgestoßen, ein Fleischberg wälzte sich heraus. Ohne Eile plazierte er die Dienstmütze akkurat auf der Mitte seines Ochsenschädels und kam gemächlich auf den Lada zu. Mit der linken Hand warf er ein halbes Kilo Gummibärchen ein, kaute, schluckte und beugte sein grinsendes Gesicht zur Fahrertür des Lada hinunter. Es war fett wie eine gutgehende Pommesbude.

»Komm mal raus, du Zoni!«

»Wie bitte?«

Der Fettkloß erklärte es nicht selber – dafür hatte er den Fahrer. Ein Kerl wie eine Kante kam herangetrabt, riß die Tür auf, packte zu und zerrte Mager ins Laternenlicht. Wäre er ordnungsgemäß angeschnallt gewesen, hätten ihn die Gurte erdrosselt.

Kaum stand Mager mit zitternden Knien auf der Straße, da drückten ihn zwei kräftige Hände gegen das Blech. Zwei Knüffe, ein paar leichte Tritte gegen die Knöchel, und schon fand sich der PEGASUS-Mann in jener Stellung wieder, die er aus tausend Fernsehkrimis kannte: Arme ausgestreckt, Hände an der Dachrinne, die Beine gespreizt nach hinten.

Ein Fuß schob sich zwischen seine Beine, ein kräftiges Knie drückte von unten gegen sein Geschlechtsteil – die deutliche Drohung, es im Notfall in Rührei zu verwandeln. Dann erst klopfte der Bulle Magers Arme und Achseln, den Gürtel und die Beine ab.

»Alles klar, Gustav – bis auf den Lada unbewaffnet!«

»Wunderbar!« grunzte der andere. »Dann dreh dich mal um, Zoni. Woher kommen wir denn: Leipzig oder Rostock?«

Er fuhr mit einer Hand unter Magers Windjacke und tastete nach der Innentasche, fand das Portemonnaie und holte die Papiere selbst heraus.

»Doch kein Zoni, Kalla. Stapellauf in Dortmund...«

»Hören Sie!« begehrte Mager auf, doch das kam überhaupt nicht an: »Schnauze!«

Mager guckte die Pommesbude an und überlegte krampfhaft, ob es einen Ausweg aus dieser Lage gab – nach Recht und Gesetz waren die Fleppen weg...

»Hier«, sagte der Fette und gab den Fahrzeugschein an den Kantigen weiter: »Laß mal überprüfen, ob die Kiste in der Fahndung ist…«

Aus den Augenwinkeln überwachte er den Abgang seines Kollegen, ehe er sich wieder dem Sünder zuwandte: »So, Sportsfreund. Nun spuck mal aus, warum du Gas gibst, wenn du einen Polizeiwagen siehst.«

»Dienst, Herr Hauptmeister. Eilige Sache. Mein Presseausweis…«

Der Polizist lachte auf: »Diese Nummer haben schon andere versucht. Aber das läuft nicht – nicht bei Lusebrink und Haggeney.«

Sein Kollege kam, Magers Fleppen in der Hand, zurück: »Liegt nichts vor, Gustav…«

Gustav Lusebrink dachte nach, dann schob er Mager zur Seite und spähte in den Innenraum. Als er die Blechdosen im Fußraum vor dem Beifahrersitz bemerkte, strahlte er: »Hauch mich mal an…«

Was ihn wirklich so erschreckte – der Biergeruch oder der Knoblauch – verriet er nicht. Aber der Alkoholgehalt im Knofel reichte für einen scharfen Blick zu seinem Fahrer, der sich wieder auf die Socken machte und mit einem Testgerät zurückkehrte: »Ich nehme an, Herr Mager, daß Sie nicht dagegen haben, uns hier einen vorzublasen…«

Als Mager sein geplündertes Portemonnaie wieder einstekken durfte, hielt ein Käfer auf der Busspur. Karin erfaßte die Situation mit einem Blick: »Weg?«

»Die Fleppen nicht«, sagte Mager. »Aber der Kerl mit den fünfzigtausend…«

9.

Stankowski hatte, schien es, den Schwächeanfall überwunden. Unverwüstlich wie der Bundesaußenminister erschien er am Dienstag um acht wieder im Büro. Seine Sekretärin empfing ihn mit Blumen, der Oberstadtdirektor mit einem Stehaufmännchen aus umweltverträglichem Kunststoff, der Personalratsvorsitzende mit einem feuchten Händedruck.

Stankowski gönnte dem Empfangskomitee ganze fünf Minuten, um die Huldigungen loszuwerden, und fing dann da an, wo er am Freitag aufgehört hatte: las Akten, diktierte Briefe, berief Sitzungen ein und telefonierte mit Luxemburg sowie dem Rest der Welt.

Einige Minuten vor zehn umkurvte Hugenberg den Galgenberg, auf dem das Rathaus stand. Als er durch den Grillopark auf den Bau zuschritt, empfand er wie immer einen inneren Schauder vor diesem stilistischen Beutezug durch die Jahrtausende: Arkaden mit Rundbögen, die selbst nicht wußten, ob sie etruskisch oder romanisch sein sollten; römische Flachziegel mit aufgesetzten Imitationen griechischer Mäandermuster; senkrechte Linien, die an das Bauhaus erinnerten; togagewandte Skulpturen, die nur wegen ihrer fortgeschrittenen Schwindsucht nicht vor der Reichskanzlei gelandet waren. Die herausragendste Geschmacklosigkeit war indes ein eckiger Glockenturm, der dem Bürokratensilo den Heiligenschein ersetzen sollte. Hugenberg schüttelte den Kopf und ging weiter. Daß die Eingeborenen dieses Monstrum der Welt auch noch als Zeugnis des *Oberhausener Expressionismus* verkauften, war fast schon wieder genial.

Auf die Minute pünktlich enterte Hugenberg das Büro seines Gönners und sah einen Augenblick kopfschüttelnd zu, wie Stankowski seinen Laden wieder in Schwung brachte.

»Hat dir der Arzt nicht etwas von Ruhe gesagt?«

»Die Ärzte sind alle gleich. Man wird erst krank, wenn man sich ihnen ausliefert. Wenn die Scheiße mit dem Foto nicht wäre, würde ich mich blendend fühlen...«

Der Oberbürgermeister deutete auf einen Sessel, bestellte

im Vorzimmer eine neue Kanne Kaffee und ließ sich seinem Zögling gegenüber nieder.

»Vielleicht ist die Sache ja ausgestanden«, sagte Hugenberg. »Warten wir ab, ob heute die Negative eingehen.«

»Du glaubst daran?«

»Ich hoffe!«

»Die Geldübergabe hat geklappt?«

»Schon...«

Stankowski blickte ihn scharf an: »Und was hat nicht geklappt?«

»Wir haben ihn nicht identifizieren können.«

In knappen Worten berichtete er, was Mager ihm am Telefon erzählt hatte.

»Das heißt«, schlußfolgerte der OB, »daß die ganze Sache weitergehen kann.«

»Ja«, sagte Hugenberg. Mit Ausflüchten, das hatte er schon vor Jahren gelernt, konnte er bei Stankowski nicht landen.

»Falls es weitergeht, müssen wir einen zweiten Versuch starten. Außerdem sind wir dabei, den Typ aus deiner Gästeliste herauszufiltern. Was uns fehlt, sind einige Informationen, an die wir mit normalen Mitteln nicht herankommen – über alle, die auf deiner Feier waren.«

»Was für Informationen?«

»Das, was gemeinhin über Leute gesammelt wird, die in diesem Lande Entscheidungen fällen – oder in ihrem Dunstkreis arbeiten.«

»Du bist gut«, sagte Stankowski. »Wie soll ich an die Akten des Innenministeriums herankommen? Da müßtest du Roggenkemper fragen – der hat doch überall seine Finger drin...«

»Roggenkemper würde ich in diesem Fall nicht mal nach dem Datum fragen«, meinte Hugenberg. »Ich habe eher an Wiemann gedacht...«

Stankowski dachte kurz nach. »Lieber nicht. Kommt aus Bochum...«

»Hängt aber nicht mehr an Golowskis Leine…«

»Ich weiß nicht«, zögerte der OB. »Das ist alles ein bißchen zu hoch oben. Wir sollten versuchen, die Sache hier zu klären…«

Der Kaffee kam. Die Sekretärin setzte das Tablett zwischen den beiden Männern ab und wollte einschenken, aber Stankowski schüttelte seinen mächtigen Schädel mit dem gewellten Grauhaar: »Ich mach das schon…«

Er beugte sich vor und griff zur Kanne.

»Hast du deiner Frau was gesagt?« fragte Hugenberg.

Stankowski fiel fast die Kanne aus der Hand. Er blickte zur Tür, und sein Pulsschlag wurde wieder etwas langsamer.

»Ich werde mich hüten!« sagte er dann und beugte seinen Oberkörper vor: »Aber – weiß Carmen von der Sache?«

Hugenberg blickte ihn undurchdringlich an.

»Vielleicht will der Erpresser auch von ihr abkassieren«, philosophierte Stankowski weiter. »Vielleicht ist sie verheiratet oder sonstwie erpreßbar. Was nützt es, wenn wir zahlen und sie nicht… «

Er brach ab und fixierte den schweigenden Hugenberg. Das war nicht die Reaktion, auf die er gewartet hatte.

»Ist was?«

»Und ob…«

»Sag's!«

Hugenberg holte tief Luft: »Peter – sie war es, die dir diese Suppe eingebrockt hat.«

»Quatsch!« brauste Stankowski auf. »Sie hätte sich doch gar nicht mit mir einlassen müssen. Ich habe mich an sie rangemacht!«

»Ich würde dir das Erfolgserlebnis ja gerne gönnen – aber du täuschst dich!«

Stankowski kniff die Augen zusammen.

»Carmen Hauknecht-Sobolewski gibt es gar nicht. Weder beim *projekt ruhr* noch bei irgendeinem anderen Blatt. Ich habe bei der IG Medien und beim Journalistenverband nachgefragt: Nichts. Unter ihrem Namen ist noch nie etwas veröffentlicht worden. Und in ganz Nordrhein-Westfalen gibt es nirgendwo eine Frau, die unter solchem Namen gemeldet ist...«

Stankowskis Fäuste umklammerten die Lehnen seines Sessels, aber Hugenberg brachte es zu Ende: »Wir müssen davon ausgehen, daß sie nichts anderes als ein Köder war.«

Schweigen. Stankowski stand auf und starrte aus dem Fenster. Er war nicht mehr in dem Alter, in dem man sich große Chancen bei jungen Frauen ausrechnen konnte, die einen um seiner selbst willen mochten – meist liebten sie eher die Position, den Einfluß, das Geld. Aber Carmen – oder wie das Mädchen auch immer hieß – hatte ihm für ein paar Stunden die Illusion vermittelt, ihn persönlich zu mögen. Und für dieses Gefühl hätte er den ganzen Ärger leichter durchgestanden...

Es dauerte eine lange Minute, bis er sich dazu zwingen konnte, Hugenberg wieder in die Augen zu sehen. Eben noch hatte er sich trotz allem wie ein toller Hecht fühlen können – und jetzt war verloren wie ein Karpfen im Käscher.

Er fingerte in seiner Jackentasche herum und beförderte ein Röhrchen Tabletten ans Tageslicht. Hugenberg stand auf und öffnete die Tür: »Können Sie uns ein Glas Wasser bringen?«

Als die Sekretärin den Raum betrat, sah sie ihren Chef erschrocken an. »Mein Gott, Herr Stankowski, Sie sind ja ganz blaß. Sie sollten sich vielleicht doch besser...«

Stankowski winkte wortlos ab. Die Brünette wandte sich an den Besucher: »Herr Hugenberg, vielleicht hört er wenigstens auf Sie. Er soll nicht so viel arbeiten...«

»Lassen Sie gut sein, Frau Schnittger!« Stankowski warf die Tablette ein und spülte nach. »Es geht schon wieder!«

Kopfschüttelnd öffnete sie ein Fenster und ließ frische Luft ein, ehe sie die Tür hinter sich schloß. Stankowski sah ihr nach und verschanzte sich hinter seinem Schreibtisch.

»Also gut«, sagte er. »Mach einen Termin mit Wiemann.«

Hugenberg blickte ihn an – so schnelle Meinungswechsel war er bei dem Oberbürgermeister nicht gewohnt.

»Wenn du recht hast, dann ist dieses Foto keine Zufallstreffer. Dann ist es das Ergebnis eines genauen Plans, um mich auszutricksen. Weiß du, was das in dieser Situation heißt?«

Hugenberg nickte.

»Da steckt mehr hinter als ein normaler Erpresser, der mal kurz absahnen will. Wer sich solche Mühe macht, ist auf etwas anderes scharf...«

Hugenberg nickte wieder: »Auf deinen Sessel!«

Stankowski zuckte die Achseln: »Mindestens.«

10.

Mit zehnminütiger Verspätung erreichte Mager den Musentempel an der Hansastraße, den früheren Sitz der Stadtsparkasse. Wo es dem Geld zu eng war, fand die Kultur noch immer einen Platz.

Er entrichtete die Eintrittsgebühr von 5,- DM und ließ sich eine Quittung geben. Während er sie zusammenfaltete, versuchte er sich daran zu erinnern, wann er zum letzten Male eine literarische Veranstaltung besucht hatte. Das war mindestens so lange her wie der Dreißigjährige Krieg.

Rund sechzig Leute waren da. Neben den unvermeidlichen Studienräten handelte es sich vor allem um Nachwuchs- und Alternativautoren der Region, deren Werke meist in schwindsüchtigen Vorortverlagen erschienen. Der einzige, den Mager kannte, war ein breitschultriger Mittvierziger aus Bochum, der seit zweieinhalb Jahrzehnten Lehrlingsgedichte schrieb.

Mager blickte die Reihen entlang, um den Kollegen von

der »Rundschau« ausfindig zu machen. Als Erkennungszeichen hatte ihm Rausch am Telefon »Bart, Bauch und und Brille« genannt – Merkmale, die auch auf Mager und ein Dutzend anderer Leute zutrafen.

Als er den vierten falschen Bart angesprochen hatte, klopfte der Diskussionsleiter, ein als Jugendlicher verkleideter Mitarbeiter der Stadtbücherei, an sein Wasserglas und stellte den Star des Abends vor.

»Es ist mir eine große Freude, einen der populärsten Vertreter moderner Literaturkritik bei uns zu wissen. Es ist unser lieber Freund und Förderer, Professor Dr. Gerhard Grütz von der Gesamthochschule Duisburg, ein Kenner des Ruhrgebiets und seiner Autoren. Das Thema seines Vortrags geht uns alle an: *Das literarische Vakuum zwischen Karl Arnold Kortum und Peter Schmidt.*«

Außer zwei pensionierten Studiendirektorinnen aus Schönau war niemand im Saal, dem die drei Namen irgend etwas sagten, und so hielt sich der Vorschußbeifall in höflichen, aber engen Grenzen – ein Fehler, der sich rächen sollte.

Grütz war ein langer Mensch von gerade vierzig Jahren mit einem von Blutarmut gezeichneten Asketengesicht. Unter einem zerknitterten Nadelstreifenjackett verbarg er einen kanariengelben Pulli, den er besser nicht auf der Leine getrocknet hätte. Aus den bleichen, in Kniehöhe ausgebeulten Jeans ragten riesige, mit Reformhausschuhen bewehrte Füße hervor, die jeden seiner Sätze mit ekstatischen Zuckungen begleiteten.

Grütz nickte und bat zunächst darum, in ihm nicht den pensionsberechtigten Professor zu sehen, der sich kraft seines Amtes sachlich und ausgewogen äußern werde.

»Vielmehr handelt es sich bei dem, womit ich Sie gleich beleidigen werde, um den Protestschrei einer beruflich zum Lesen verdammten Kreatur: Verdammt deswegen, weil mich täglich erneut geistige Darmverstopfungen plagen, wenn ich mich dem Schund aussetzen muß, den die hier anwesenden

Freizeit-Literaten konkursbedrohten Kleinverlegern unter dem Schwindeletikett Ruhrgebietsliteratur aufgeschwatzt haben.«

Verhaltenes Kichern – noch glaubten alle an eines dieser Einleitungswitzchen. Doch Grütz belehrte die Lacher sofort eines Schlechteren.

»Wenn Sie während meines Vortrags ab und zu für ein paar Minütchen einnicken wollen, kann ich das nur empfehlen. Am besten tun Sie das, wenn gerade Ihr eigener literarischer Urin gewürdigt wird – mit mehr als drei Selbstmorden in einer Nacht wäre die Dortmunder Kripo überfordert. Und wenn von Ihren Kollegen die Rede, genauer: die üble Nachrede ist, dann lachen Sie lieber nicht allzu laut. Entweder kommt Ihr eigener Schwachsinn später zur Sprache, oder ich habe, was selbst mir passieren kann, schlichtweg etwas übersehen.«

An dieser Stelle schob der Gelehrte drei verirrte Haare aus der Stirn und zählte nach, wieviele Gäste schon gegangen waren. Mit dem Ergebnis unzufrieden, stellte er seine Stimme von Hand- auf Motorsäge um.

»Falls Sie also wirklich nicht namentlich erwähnt werden, so bedenken Sie: Ich kann wirklich nicht alles lesen, was in den Regalen der letzten Politbuchhandlungen verschimmelt – obwohl ich für mein karges Honorar mehr Schund habe durchackern müssen, als Sie persönlich je abseichen werden...«

Grütz stockte, als sich ein später Gast – Bart, Bauch und Brille – geräuschvoll in die erste Reihe drängte. Er nickte dem Neuling zu und gönnte sich einen Schluck abgestandenen Sprudel.

»Nachdem jetzt auch Herr Rausch eingetroffen ist, der sich wie ich durch Ihre Jahrhundertwerke beißen muß, kann ich zum ersten Kernsatz des Abends kommen. Er lautet so: Was immer unter dem Namen Ruhrgebietsliteratur gedruckt worden ist, taugt, seit die Nazis Bücherverbrennungen in

Mißkredit gebracht haben, nur zu einem Zweck: als Muster auf dem Klopapier im Goethehaus zu Weimar…«

In der Pause machte sich Mager an Rausch heran. Der »Rundschau«-Redakteur stand in einem Pulk gekränkter Autoren, die ihre Werke wort- und gestenreich verteidigten, und hörte ihnen geduldig zu.

»Lust auf ein Bierchen?« fragte Mager, nachdem er sich bei dem Mann vorgestellt hatte.

Der Kollege nickte: »In einer halben Stunde geht hier sowieso allen die Munition aus. Bei Dolfo?«

Mager machte sich gar nicht erst die Mühe, einen neuen Parkplatz zu suchen, sondern pilgerte zu Fuß über die Kampstraße an der Reinoldikirche vorbei zum Rosental. Als Rausch eintrudelte, hatte der Kameramann drei Bier Vorsprung.

»Wie fandest du's?« fragte Rausch, ohne Umschweife auf das unter Kollegen verpönte »Sie« verzichtend.

Mager zuckte die Achseln: »Grütz ist der schlimmste Wendehals diesseits der Elbe…«

»Kennst du ihn?«

»Uni Bochum. Kennst doch die Typen: Als Student die *Rote Fahne* verkaufen, als Assistent für den *Vorwärts* schreiben und als Professor *Schöner Wohnen* abonnieren. Diese Sorte habe ich gefressen…«

Rausch orderte einen halben Liter Weißen und Lasagne, und Mager begann, sich an sein Thema heranzupirschen.

»Was hattest du heute abend eigentlich bei Grütz zu tun? Hugenberg hat dich als Spezialisten für Kommunal- und Landespolitik empfohlen…«

»Literatur ist mein Steckenpferd – das andere mein Job.«

»Fein«, sagte Mager und erzählte seine Geschichte von dem Stankowski-Porträt, das er für den WDR drehen wollte. Rausch hatte unter diesem Stichwort ein 20-Minuten-Referat parat, bei dem er höchstens fünfmal Luft holen mußte.

Den nötigen Sauerstoff filterten seine Nieren offenbar direkt aus dem Wein heraus.

»Hugenberg erwähnte, daß du letzte Woche auf Stankowskis Fete im Maritim warst...«

Rausch tupfte sich einen Soßenrest aus dem Bart und verzog das Gesicht: »Unergiebig. Je besoffener die werden, desto mehr Scheiße erzählen sie. Wirklich brauchbare Informationen bekommst du nur unter vier Augen.«

»Hör mal, ich kenne drei Dutzend Journalisten, die bekämen einen Steifen, wenn sie da eingeladen würden.«

Der Kollege grinste: »Ich anfangs auch. Aber wenn du zehn Jahre im Geschäft bist, findest du Austern zum Kotzen. Reine Kontaktpflege.«

»Hat wenigstens jemand Fotos gemacht?«

Rausch zog die Augenbrauen hoch. Frag jetzt bloß nicht, wozu ich die brauche, beschwor Mager ihn in Gedanken und griff zu seinem Bierglas.

»Ranke. Der hat doch immer die Kamera dabei. Auch so 'ne Art, die Politiker zu schubbern«, sagte Rausch und schaute zum zweitenmal auf die Uhr. Mager hob sofort den Arm und schnippste zum Tresen hinüber.

»Ist Ranke nicht ein Freier?«

»Inzwischen ja«, nickte Rausch. »Früher war er mal fest bei der *Recklinghäuser*. Aber die haben ihn gefeuert. Die Szene munkelt was von Drogen...«

»Und wie kommt er da noch in diesen exklusiven Kreis?«

»Leg mal seine Fotos von Roggenkemper aneinander. Damit kommst du einmal um den Äquator. Auf diese Tour bleibt Ranke im Geschäft...«

Mager war für das Stichwort dankbar: »Roggenkemper und die anderen Mafiosi waren ja ganz schön fertig, als Stankowski umkippte.«

Der andere zog nur die Achseln hoch: »Pure Heuchelei. Die sind sich doch gegenseitig nicht grün. Und Roggenkemper...«

Er griff zum Glas und sah dabei wie beiläufig auf seine hübsche Swatch, deren Ziffern noch irgendwo in der Fabrik herumliegen mußten.

»Was ist mit Roggenkemper?«

»Mensch, der war doch sofort nach der Nummer vom toten Mann wieder an der Arbeit. Gab sich alle Mühe, den Laser-Kopierer im Presseraum zu ruinieren.«

»Der geht noch selbst an den Kopierer?«

Rausch schniefte. »Hat mich auch gewundert. Aber das ist typisch Roggenkemper: Der kriegt Magengeschwüre, wenn er einen trifft, der noch kein PR-Foto von ihm hat...«

Andächtig ließ Mager den letzten Satz in sich nachklingen. »Weiß der Gilb«, sagte er dann. »Wahrscheinlich hat seine Sekretärin vergessen, seine Rede zu...«

Rausch schüttelte unwirsch den Kopf: »Wenn ich Fotos *sage*, dann *meine* ich auch Fotos. Roggenkemper hat einfach die Chance genutzt, kostenlos 'ne neue Serie von sich durchzuziehen. Auf so'm Laserkopierer werden die ja besser als das Original...«

Da der andere immer noch keine Anstalten machte, sein Portemonnaie zu zücken, sah Mager sich schließlich genötigt, selber die Rechnung zu bestellen. Mit Trinkgeld kam er auf runde achtzig Mark.

»Wie ist das?« fragte Rausch, als der Kellner Mager das Wechselgeld auf den Tisch blätterte. »Kannst du mir eine Rechnung über zweihundert schreiben?«

»Muß ich fragen«, wand sich der Schwarzgelockte und wollte enteilen. Mager erwischte ihn gerade noch am Jackenzipfel: »Sei so gut, Amigo: Für mich dasselbe!«

11.

»Bist du wahnsinnig? Zweihundert Mark zu versaufen? Mit dem Taxi nach Hause, wo hundert Meter weiter die S-Bahn hält? Ich spare und spare, und du schaufelst das Geld zum Fenster 'raus! Glaubst du, ich verdiene mein Gehalt mit dem Arsch?«

Anklagend wedelte Mechthild mit den Quittungen, die ihr Gatte bei seiner Heimkehr auf dem Schuhschrank deponiert hatte. Auf diesem »Mistbrett« landete bei Magers alles, was noch einsortiert werden mußte – vom Garantieschein bis zum Schraubenzieher. Es sprach für Mechthilds Spürsinn, daß sie die beiden neuen Dokumente in all dem Müll sofort entdeckt hatte.

»Kannst du mir verraten, wie wir jemals von den Schulden herunterkommen?«

Mager wußte es nicht.

»Antworte, wenn ich dich frage!«

Mager schlug die Zeitung auf, begann zu kauen und ließ Mechthild reden. Sie hatte immer dieselben Hits in den Charts und wechselte nur ab und zu die Reihenfolge. Zu den Top Ten kam sie, wie es sich gehörte, zum Schluß.

»Hast du die Steuererklärung ausgefüllt? Den Klempner angerufen? Das Kinderzimmer gestrichen? Deine Mutter...«

Beim Stichwort »Kinderzimmer« war ihr wohl aufgefallen, daß die Hälfte ihrer Fans fehlte. Sie stürmte in den Flur und riß die Tür zum Keller auf, wo sich das Bad befand: »Kalle, willst du heute überhaupt nicht in die Schule? Ich habe dir schon hundertmal gesagt...«

Mager nutzte die Gelegenheit und drückte sich aus der Tür. Mißmutig trabte er über den Hof und enterte das Vorderhaus, wo sich die PEGASUS-Zentrale befand.

Im Studio stank der kalte Qualm vom Vortag. Mager zog die Rolläden hoch und riß die Fenster auf. Dann klemmte er sich hinter den Schneidetisch und sichtete das Rohmaterial eines Videos, das Hassan & Fatima in Auftrag gegeben hatten. Fatima trat als Bauchtänzerin auf, und Hassan schlief auf rostigen Nägeln. Was ihre Namen verschleierten, offenbarten die Gesichter: Sie stammten beide aus Dortmund-Persebeck.

Eine Stunde später stieß Karin die Tür auf: »Dein Freund Hugenberg ist am Apparat. Ob du nach Düsseldorf kommen kannst?«

»Du könntest Profi werden!« grinste Mager und beäugte den in Klarsichtfolie verpackten Brief auf Hugenbergs Schreibtisch. Der Erpresser hatte Stankowski diesmal mit dem Vermerk *Nur persönlich öffnen – vertraulich!* ins Oberhausener Rathaus geschrieben und aus seiner guten Laune kein Geheimnis gemacht: »Danke für die Anzahlung! Noch einmal 50.000!«

Die Buchstaben und Ziffern waren aus vier verschieden großen Typen zusammengestoppelt und stammten aus der einzigen Tageszeitung der Welt, die noch nie gelogen hatte.

»Und jetzt?« fragte Mager.

»In zwei Stunden tagt der Krisenrat…«

»Die werden dir ganz schön den Arsch aufreißen – das Geld ist futsch, und schon kommt die neue Erpressung…«

»Kann sein«, meinte Hugenberg. »Aber wir müssen es nochmal versuchen. Notfalls mit noch mehr Leuten.«

»Du bist wahnsinnig, Mensch. Mit wem denn? Mit meiner Sekretärin?«

Der Schulfreund grinste flüchtig, aber dann rissen die Sorgen ihn wieder ins Leben zurück: »Weißt du was Besseres?«

»Ja. Wenn ich eure Möglichkeiten hätte…«

»Was dann?«

»Ich würde für ein paar Tage ein Dutzend zuverlässiger Bullen vom Dienst beurlauben und so 'ne Art private Sonderkommission gründen. Mit ihren Verbindungen schnappen die den Kerl und gewöhnen ihm sein Hobby ab…«

»Ausgeschlossen!«

Mager schüttete neuen Kaffee ein. Die Uhren tickten, die Männer rührten in ihren Tassen und grübelten, aber das war auch schon alles. Die zündende Idee blieb aus.

Schließlich fischte sich Mager einen Stapel Pressefotos aus der Ablage und stöberte ihn gelangweilt durch. Domagalla, Golowski, Pennekamp, Roggenkemper, Jutta Schwarzhof, Stankowski – all die TRC-Konkurrenten, die am Sonntag auf dem Podium gesessen hatten.

»Weiß Roggenkemper eigentlich, daß du mich engagiert hast?«

»Nein – wieso?«

»Weil wir dann beide diesen Job los sind. Erzähl ihm was vom Pferd – aber laß den Namen PEGASUS aus dem Spiel.«

»Pegasus ist ein Pferd, du Arsch. Hast wohl auch bei Eule in Griechisch geschlafen...«

Die nächsten Fotos zeigten Stankowskis Abgang: Wie er zusammenbrach, wie Hugenberg ihm das Hemd aufknöpfte, wie die Männer in Grau ihn aus dem Saal schleppten.

»Konserviert man Fotos neuerdings mit Dosenmilch?«

Mager befeuchtete einen Zeigefinger und tupfte ihn vorsichtig in das rechte obere Eck der letzten Aufnahme. Der Fleck blieb. Mager versuchte es noch bei den anderen Fotos der Serie, hatte bei ihnen aber auch keinen Erfolg.

»Diese Fotofritzen sollten ihre Linsen besser putzen«, meinte Mager und warf die Bilder auf den Tisch. »Wenn ich mit meiner Kamera so umgehen würde...«

Hugenberg zuckte die Achseln: »Auf Zeitungspapier siehste davon sowieso nichts mehr...«

Mager trat ans Fenster.

Hugenbergs Büro befand sich im dritten Stock eines schmalen Hauses, das ein Stück südlich der Altstadt lag. Der Verkehrslärm war bei offenem Fenster sicher unerträglich, aber die Möbel und der Teppich hoben sich von der Einrichtung im PEGASUS-Hauptquartier schon um einiges ab. Und für die Aussicht hätte Mager sein vorletztes Hemd gegeben: Auf der anderen Straßenseite lockten die schattigen Grünanlagen rund um den Kaiserteich.

»Dieser Palast da...«

Hugenberg rümpfte die Nase: »Das Ständehaus – saß früher der Landtag 'drin. Auch 'ne Bruchbude…«

Auf der Fensterbank lag, jetzt ebenfalls in einer Frischhaltetüte, das Foto, das Stankowski am Sonntag von den Beinen gerissen hatte.

»Ein neuer Schnappschuß war diesmal nicht dabei?« fragte Mager und nahm noch einmal den alten zur Hand: Von dieser Dame hätte er sich auch aufs Kreuz legen lassen.

»Nein«, fragte Hugenberg. »Warum?«

»Weiß nicht. Diese Stellung kennen wir nun. Wäre interessant, was die beiden noch getrieben haben.«

Hugenberg stöhnte: »Kannst du mir mal verraten, wie aus einem verklemmten Pennäler wie dir solch eine versaute Gurke werden konnte?«

»Besser nicht«, grinste Mager, holte das Foto aus der Tüte und befeuchtete automatisch seinen Zeigefinger. »Dieser Kerl ist ja wirklich ein Schlampsack…«

Mindestens fünf Herzschläge lang war es so still im Raum, als hätten sogar die Uhren aufgehört zu ticken. Dann stürzte Mager zum Schreibtisch, krallte sich das oberste Bild aus der Serie mit Stankowskis Nummer vom sterbenden Schwan und hielt die Fotos nebeneinander.

Der winzige Fleck war bei beiden an der gleichen Stelle.

»Was meinst du, Hugenberg: Wieviele verschiedene Kameras hatten letztes Wochenende in Gelsenkirchen wohl ein Staubkorn auf dem Objektiv – und das an genau der gleichen Stelle?«

Der Kumpel wußte es nicht.

»Zirka eine«, flüsterte Mager. »Alles andere wäre so wahrscheinlich wie ein Sechser im Lotto.«

Sie starrten sich an.

Dann drehte Mager das Pressefoto um. Auf der Rückseite prangte der Copyright-Stempel von Thorsten Ranke aus Herten.

12.

Die Ackerstraße in Wanne gehört nicht zu den Gegenden, in denen sich Zahnärzte und Rechtsanwälte um Bauland reißen. Umgeben von den verseuchten Brachen der Zeche *Shamrock*, wird der Straßenzug von den hochgelegten Gleisen des Güterbahnhofs wie von Korsettstangen eingezwängt. Rangierlärm verfolgt die Anwohner bis in die tiefsten Träume. Der schnellste Weg in Richtung Innenstadt führt durch einen fast zweihundert Meter langen, quadratisch ausbetonierten Tunnel. Schon von außen sieht er so gemütlich aus, daß Mütter ihren Töchtern diese Abkürzung gar nicht mehr verbieten müssen.

»Meine Fresse!« stöhnte Mager, als er das Betonflöz erblickte. »Und da willst du heute nacht mit fünfzigtausend Schleifen 'rein?«

Hugenberg kaute auf seiner Unterlippe. Doch dann gab er sich einen Ruck: »Komm, laß uns mal nachsehn…«

Schon nach wenigen Metern blieben von den Männern nur die Schatten. Die Luft war klamm wie in einer stillgelegten Waschküche, und das Geräusch ihrer Schritte wurde von den Wänden zurückgespuckt. Die einzigen menschlichen Wesen, die ihnen begegneten, hatten sich in den Blechkäfigen ihrer Autos verschanzt. Sie beschleunigten das Tempo, sobald sie im Dunkeln die beiden Gestalten entdeckten.

Nach fünfundsiebzig Schritten verengte sich die Fahrbahn auf eine einzige Spur. Das rote Licht einer Ampel war heller als der Sommertag, der durch einen Betonschacht hereinschaute. Eine Treppe führte nach oben.

»Hier!«

Sie kletterten hoch und landeten zwischen Signalmasten, Gleisen und Schotterdämmen. Wie von Geisterhand bewegt, sprang eine Weiche um. Eine E-Lok führte ihnen eine Solokür vor. Menschen waren nicht zu sehen.

»Würde mich nicht wundern, wenn Ranke mit einer Draisine ankäme«, grinste Mager. »Dann bist du die nächsten fünfzigtausend los…«

Am Nordwestende des Tunnels sah Wanne-Eickel auch nicht schöner aus. Den Bahndamm begleitete ein halb asphaltierter, halb gepflasterter Feldweg, an dem sich ein paar Autofirmen angesiedelt hatten. Es war der falsche Platz, um sich einen Abend um die Ohren zu schlagen.

»Und jetzt?« fragte Hugenberg. »Gehen wir einen trinken?«

Mager schaute auf die Uhr. Sie ging auf die Fünf zu. Um elf sollte die Sache über die Bühne gehen.

»Später. Ich will mir lieber im Hellen angucken, wo dieser Mensch wohnt…«

Der Norden von Herten heißt Langenbochum und besteht vor allem aus sorgfältig gekämmten Bergwerkssiedlungen. Die Skyline wird von den Silhouetten eines Kraftwerks und der Zeche *Schlägel und Eisen* beherrscht. Die drei Fördertürme sehen aus, als hätten ein paar Verpackungskünstler an ihnen geübt. Doch die Seilscheiben drehen sich nur noch für die Seilfahrt der Kumpels - die Kohle wird auf der Zeche *Ewald* nach oben gehievt.

Am Nordrand des Geländes führte eine lange, gerade Piste in Richtung Westerholt. Auch hier standen die Kumpelhäuser Spalier. Weit hinten überquerte die hochgelegte Zechenbahn die Straße.

»Nicht so brettern, du Idiot! Direkt hinter der Unterführung links rein…

Kaum waren sie abgebogen, trat Hugenberg auf die Bremse. Zweihundert Meter vor ihnen versperrte die buntbemalte Mauer des Kraftwerks den Weg. Links lag ein unbefestigter Randstreifen, dahinter ein Betonwall und die Bahntrasse. Rechts schob sich ein Obstgarten heran, es folgten Hecken, Blumen und Gemüsebeete und nicht mehr als drei Häuser: rote, vom Kohlenstaub gedunkelte Ziegel, zwei Stockwerke hoch, das erste für zwei, die nächsten für vier Familien. Ein fremder Wagen war hier höchstens so auffällig wie ein Eisbär in der Wüste Gobi.

»Scheiße!« sagte Mager. »Komm, setz zurück...«

Sie parkten auf der Standspur der Hauptstraße und starrten auf die Einmündung der Schachtstraße. Lange Zeit fiel keinem etwas ein.

»Und wenn du da hochkletterst?« fragte Hugenberg schließlich und deutete zur Zechenbahn hinauf.

»Doch«, sagte Mager, Zustimmung heuchelnd. »Ein schöner Platz zum Sterben.«

»Da fährt doch höchstens noch 'ne Spielzeugeisenbahn!« widersprach der Kumpel. »Dieser Pütt ist so tot wie...«

Doch Mager hatte kein Interesse an literarischen Vergleichen: »Mensch, ich breche mir dabei alle Gräten...«

Hugenberg grinste. »Warum stehen wir hier eigentlich?«

»Weil ich mir das Haus erst aus der Nähe angucken muß. Und zwar möglichst unauffällig...«

Mager grübelte. Starrte auf die Brücke, die Straße, die Häuser. Nahm schließlich ein Faltblatt von der Handschuhablage und schlug es auf. Hugenbergs Kanzlerkandidat lächelte ihn ermunternd an.

Zeus, vergib mir, dachte er und fragte: »Hast du noch mehr davon?«

Hugenberg sah ihn verständnislos an. Dann drehte er sich um und zog einen ganzen Packen vom Rücksitz.

»Danke«, sagte Mager und öffnete die Tür.

Zu Fuß war die Wirkung noch größer als im Auto. Auch ohne eine Zugbrücke zu überschreiten, hatte Mager den Eindruck, einen Burghof zu betreten, der den Rest der Welt aussperrte. Zwei Mädchen übten mitten auf der Fahrbahn für die nächste Stadtmeisterschaft im Rollschuhlauf, und ein sommersprossiger Bengel ließ sein Fernlenkauto Pirouetten drehen...

Ranke mußte gleich am Anfang, in dem Zweifamilienhaus wohnen. Als die Gartenhecke den Blick freigab, fiel Mager eine schwere Yamaha auf, die zwischen einem roten Passat und der Hauswand aufgebockt war. Aber er hätte nicht sagen können, ob das der Ofen war, den er Montag abend verfolgt hatte.

Er begann mit dem Werbefeldzug für einen neuen Kanzler am Ende der Sackgasse und arbeitete sich von dort aus an Rankes Haus heran. Es war das schönste der Straße: Zierkanten, Söllerchen und in der Mitte unter dem Giebel eine Steinrosette. Aber alle Fenster waren verschlossen.

Auf dem Briefkasten behauptete ein poppig aufgemotztes Namensschild, daß hier ein »Presse- und Werbefotograf« wirkte – Rankes Ein-Mann-Betrieb war genauso multifunktional wie PEGASUS.

Als er den Prospekt in den Kasten stopfte, spürte Mager Widerstand. Ranke hatte keine Eile, seine Post zu sichten. Auch er erwartete Rechnungen, aber keine Schecks...

»Und?« fragte Hugenberg, als er sich neben ihm auf den Beifahrersitz sinken ließ.

Mager zog die Schultern hoch: »Es wird schon gehen...«

13.

Bis um neun schlugen sie sich auf der Cranger Kirmes die Zeit um die Ohren. Die Würstchen waren wie üblich viel zu teuer, und die Glatzengangs, die durch die Budenreihen streunten, verdarben Mager zusätzlich den Appetit. Fast erleichtert latschten sie an den langen Kolonnen dicht geparkter Autos zu Hugenbergs Tunnel zurück.

»Also, mach's gut«, sagte Mager, bevor er einstieg. »Wenn alles vorbei ist, treffen wir uns bei mir...«

Auf dem Parkstreifen hinter Rankes Sackgasse war noch ein Plätzchen frei, das einen ungehinderten Ausblick auf die Einfahrt bot. Mager setzte so weit zurück, daß er fast die Stoßstange eines VW-Busses berührte. Das Dach des Bullis schirmte ihn gegen das Funzellicht einer Straßenlaterne ab. Die Fenster des Hauses, vor dem er stand, waren von Rolläden aus Metall verdeckt. So leicht würde ihn niemand entdecken.

Gegen viertel vor elf wurde Mager allmählich unruhig. Wenn Ranke sich Hugenbergs Geschenk abholen wollte, bevor es jemand anders fand, mußte er jetzt die Hufe schwingen. Doch in der Einfahrt zur Sackgasse rührte sich nichts: Kein roter Passat glitt heraus, keine Yamaha donnerte davon...

Elf. Jetzt saß Hugenberg in seinem Mazda und beobachtete die Tunneleinfahrt. Doch von Ranke keine Spur. Selbst wenn er nun auflief und wie der Henker fuhr, würde Hugenberg noch lange zittern müssen.

Zehn nach, zwanzig nach. Die »Berichte von heute« fingen an. Wo blieb Ranke?

Mager schaltete das Radio aus. Ein letzter Augenblick des Zögern: Der Zweitakter in seiner Brust schlug schneller, das Gehirn spielte die Platte mit den Lebensweisheiten seiner Mutter ab, und sehr dumpf erinnerte er sich daran, daß es ein Strafgesetzbuch gab. Dann siegte die Neugier. Er griff zur Taschenlampe, stieß die Tür auf und tauchte in der Einfahrt der Sackgasse unter. Irgend etwas stimmte nicht.

Im Windfang blieb er stehen und lauschte, aber selbst die Holzwürmer waren ausgezogen. Für den Fall der Fälle lehnte sich Mager sacht gegen die Tür – aber die hätte sich nur für Schimanski geöffnet.

Er peilte zu den Nachbarhäusern hinüber – nichts. Das Blut hämmerte so heftig in den Leitungen, daß der ganze Landkreis davon aufwachen mußte. Aber der Landkreis schlief weiter, und Mager verschwand in der Dunkelheit des Hinterhofs.

Der Zusammenprall war so heftig, daß er unwillkürlich

aufstöhnte. Still vor sich hinfluchend, massierte er seine lädierte Kniescheibe. Als der Schmerz endlich abflaute, hatten sich seine Augen so weit an die Dunkelheit gewöhnt, daß er das Hindernis erkennen konnte. Ranke, dieser Arsch, hatte einen eisernen Gartenstuhl mitten auf dem Weg stehenlassen.

Er lauschte. Doch niemand schien den dumpfen Schlag und das Stöhnen mitbekommen zu haben. Die Katzen machten in den heißen Nächten noch mehr Radau.

Mager atmete durch. Musterte den dunklen Trumm im Garten: den Schuppen, in dem frühere Bewohner des Hauses ihre Ziege oder ein Schwein gefüttert hatten. Sicherte zu den Gärten der Häuser in der Parallelstraße hinüber. Nichts. Mager war allein auf dieser Welt.

Leise räumte er das Sitzgerät beiseite und sah sich die Stellen in der Hauswand an, wo die Maurer Löcher hinterlassen hatten. Wagte es, die Hand auf die Klinke der Kellertür zu legen – zu. Aber als er die Hauswand hochspähte, machte sein Herz einen Sprung. Eines der Hoffenster war nicht geschlossen.

Zum Lüften in der Mitte einige Zentimeter nach innen gezogen, bildeten die Flügel einen so flachen Winkel, daß der quergedrehte Hebel des einen im Schließhaken des anderen verankert werden konnte. Selbst im Durchzug würde sich das Fenster weder weiter öffnen noch wieder schließen.

Mager grinste. Er hatte dieses Modell seit mindestens zwanzig Jahren nicht mehr gesehen. Aber er wußte noch, daß es jeden Einbrecher glücklich machte.

Er starrte auf die Lücke in Rankes Deckung und grübelte. Vorne auf der Hauptstraße rauschte ein schwerer Wagen vorbei, ohne anzuhalten oder auch nur die Geschwindigkeit zu vermindern.

Als das Geräusch abgeklungen war, ging der Kameramann zum Wagen zurück. Unter dem Fahrersitz lagerte seit Jahren eine Sammlung von Ventilen, Schrauben und Totenkopfschlüsseln sowie ein eingeschweißter Fahrradschlauch: Teile der von Mechthild verlangten Notausrüstung, mit der sie auf Ameland auch eine Eiszeit hätten überstehen können. Praktisch und faul, wie Mager war, hatte er das Zeug von einem Sommer zum nächsten dort liegen lassen. Er riß die Verpakkung auf und faltete den widerspenstig gewordenen Schlauch auseinander.

Unbehelligt gelangte er wieder in den Garten. Noch einmal horchte er in die Dunkelheit, doch er hatte sich längst entschieden. Er transportierte Rankes Campingtisch unter das Fenster und stellte den verfluchten Stuhl darauf. Vorsichtig kletterte er hoch. Mit der einen Hand hielt er sich an dem Querbalken unter dem Oberlicht fest, mit der anderen stopfte er den sich sträubenden Schlauch durch das schmale Dreieck.

Der fünfte Versuch gelang. Der Schlauch verhakte sich am Griff des Schließhebels. Vorsichtig zog Mager ihn hoch. Die Sperre existierte nicht mehr.

Sachte drückte Mager die Fensterflügel nach innen. Rechts spürte er bald einen Widerstand, aber links ging es. Er setzte sich auf die Fensterbank, rutschte herum und ließ die Beine hinab…

Erneut fuhr Mager seine Antennen aus. Drinnen und draußen war es nach wie vor totenstill. Auch Rankes Nachbarn kannten wohl kein Heimweh. Sei's drum – die Sache will's!

Er ließ sich hinab, schloß das Fenster, tastete nach den Vorhängen und schaltete die Taschenlampe ein.

Rankes Küche war genau so ungepflegt wie das Objektiv der Kamera, die er am Wochenende benutzt hatte. Ein umgekippter Stuhl, im Ausguß ein paar Tassen und Teller mit aufblühenden Pilzkulturen, eine Aldi-Tüte, prall gefüllt mit miefendem Abfall, die Butter auf dem Tisch hatte sich in einen schmierigen Brei verwandelt. Mager nahm seinen ganzen Mut zusammen und bewegte sich vorwärts.

Zwei kurze Blicke ins Schlafzimmer und den Wohnraum – keiner zu sehen. Es wäre auch ein Wunder gewesen, wenn sich jemand so lange beherrscht hätte, um ihm erst jetzt genüßlich ein Ding zu verpassen.

Die Dunkelkammer – oder wie immer Ranke die Müllkippe nennen mochte – befand sich in einem schmalen Raum neben der Küche, der ursprünglich wohl als Speisekammer konzipiert war.

Mager sah auf den ersten Blick, daß er zu spät gekommen war. Jemand hatte die entwickelten Filme von den Wäscheleinen gerissen und einfach fallen lassen, die Schubladen mit den Fotos waren durchwühlt oder ausgekippt, ein halbes Dutzend geöffneter Karteikästen gähnte ihn an. Es sah nicht danach aus, als hätte sich sein riskanter Einstieg gelohnt.

Enttäuscht lehnte sich Mager an den Türbalken. Die Adrenalinproduktion ließ fast augenblicklich nach. Seine Kehle war trocken, aber mehr noch als nach einem Bier lechzte er nach einer Zigarette: Da hatte er nun einen waschechten Einbruch auf dem Konto, und eingebracht hatte es ihm nichts. Als irgendwo im Haus ein Balken vor Altersschwäche ächzte, packte ihn wieder die Panik.

Ein letzter Blick in das Chaos. Das einzige, was in diesem Raum noch intakt schien, war der Vergrößerungsapparat. Warum Mager auf ihn zuging und sich das Teil näher anschaute, hätte er niemandem rational begründen können. Aber er tat es. Und stellte fest, daß Ranke wirklich ein Schlampsack war: In der Führung unter der Projektionslampe klemmte ein Negativ.

Mehr aus Neugier als in der Hoffnung, noch etwas zu finden, fummelte Mager das Kunststoffquadrat heraus und hielt es gegen das Licht. Sein Herz machte einen Sprung, der jeden Schrittmacher aus dem Takt gebracht hätte. Das Foto stammte aus der Stankowski-Serie und zeigte Carmens Gesicht – von vorn.

Mager steckte das Negativ in die Innentasche seines Blousons. Nase muß man haben, dachte er, eine verdammt gute Nase…

Er zog den Reißverschluß zu und löschte das Deckenlicht, bevor er die Tür zur Küche öffnete. Nur weg, dachte er, nur weg! Aber das war schon keine Panik mehr, sondern Ungeduld, das Hochgefühl des Erfolgs, die Vorfreude auf den großen Triumph: Hugenberg, dieser alte Wichser, würde staunen.

Wie auf einem Luftkissen schwebte er zum Fenster und schwang sich hinauf. Oben drehte er auf dem Hintern einen Doppel-Axel und ließ sich vorsichtig hinab, bis seine Füße den Stuhl berührten, der ihm als Leiter gedient hatte. Behutsam zog er die Fensterflügel so weit zu sich heran, bis die Fingerkuppen klemmten, schnappte sich den Fahrradschlauch und stieg hinab. Als er sich umdrehte, um loszulaufen, flammte das Licht auf.

Zum zweitenmal in achtundvierzig Stunden stand Mager in dieser komischen Haltung da: Von den Fingerspitzen bis zu den Zehen glich er einer Bahnschwelle, die jemand aus unerfindlichen Gründen schräg gegen eine Hauswand gelehnt hatte. Es war ihm auch diesmal noch nicht angenehm.

»Okay!« sagte ein Stimme hinter ihm. »Drehen Sie sich um!«

Mühsam kam Mager wieder in die Senkrechte. Aber kaum hatte er die Arme gesenkt, um sie auszuschlackern, griffen ein paar starke Fäuste zu und rissen seine Handgelenke nach hinten. Er konnte zwar nicht sehen, was die die Typen hinter seinem Rücken anstellten, aber er fühlte den Schmerz an den Gelenken und in den Schultern. Und selbst wenn er da völlig taub gewesen wäre – das metallische Klikken sagte alles. Seit seiner Hochzeit hatte er sich nicht mehr so elend gefühlt.

»So, Herr Mager. Das war ja wohl eindeutig.«

Mager zuckte die Achseln. Es sollte cool aussehen, aber die Bandagen an seinen Händen ließen die Geste etwas dürftig ausfallen.

»Nehmen Sie das Licht weg!« bat er.

Der andere tat ihm den Gefallen. Mager brauchte noch eine ganze Weile, bis seine Pupillen wieder mitspielten. Die Polizisten waren zu viert.

»Hausfriedensbruch«, sagte der Wortführer. »Und wenn nur ein Teelöffel fehlt, ist es Einbruch. Wo haben Sie das Zeug?«

»Ich habe nichts«, sagte Mager.

Die vier lachten.

»Gucken Sie nach«, empfahl Mager. »Der rote Lada…«

Eine Hand erschien vor seiner Nase: »Die Schlüssel!«

»Spaßvogel«, knurrte Mager und deutete mit dem Kopf dorthin, wo er die Handschellen und seine Pfoten vermutete. »In der linken Außentasche…«

Einer trabte los. Während er unterwegs war und den leeren Kombi untersuchte, schwiegen die anderen Bullen ihn an. Um so lauter waren Rankes Nachbarn, die es endlich doch nach Hause zog. Innerhalb von zwei Minuten machten sie die halbe Straße wach. Hinter dem Gartenzaun sammelte sich eine sensationsgeile Meute.

Der Kundschafter kam zurück, zog seinen Streifenführer zur Seite und flüsterte ihm etwas zu. Sein Gesicht und das Zucken der Achseln sagte alles.

»Also gut«, sagte der mit der schönsten Mütze. Seiner Stimme merkte man nicht an, ob er enttäuscht war. »Geh mal rein, Micha, und versuch…«

»Wir haben einen Schlüssel von Thorstens Wohnung!« rief eine Frau, die außerhalb der engen Fläche stand, die von den Handlampen der Polizisten beleuchtet wurde. So, wie sie keifte, war Mager nicht mehr scharf darauf, sie auch noch sehen zu müssen.

Es dauerte nicht lange, dann ging in der Küche das Licht an. Zwei Schirmmützen tauchten auf und verschwanden wieder, bevor ihre Gesichter den toten Winkel überwunden hatten. Schritte stapften über den Holzboden, Türen wurden aufgestoßen – und dann wurde es ganz still. Magers stellte Augen und Ohren auf die höchste Empfindlichkeitsstufe.

Der Chefbulle wurde hereingewunken. Mager hörte, wie er durch die Wohnung lief, wie seine Schritte verstummten, und wie er langsam zurückkam.

»Kommen Sie mal«, sagte er. Die Fäuste, die an Magers Oberarmen zerrten, verrieten ihm, wer gemeint war.

Sie kletterten die Stufen vor dem Windfang hinauf, kreuzten den Hausflur und stiefelten durch Rankes Korridor. Vor der geöffneten Schlafzimmertür blieben sie stehen.

Ranke war doch da. Er hatte an diesem Abend auf seine Schlaraffia verzichtet und ruhte statt dessen in der engen Gruft zwischen Bett und Fenster.

14.

»Mensch, Mager, packen Sie schon aus!« raunzte Horst Lohkamp. »So tief, wie Sie in der Scheiße sitzen…«

»Sie glauben doch wohl nicht…«

»Seit ich Polizist bin, glaube ich überhaupt nichts mehr«, blaffte der Leiter der Recklinghäuser Mordkommission zurück. »Schon gar nicht an das Gute im Menschen. Was zählt, sind die Fakten. Und die sehen für Sie nicht gerade gut aus.«

Mager sank auf den Küchenstuhl zurück, auf den sie ihn gepflanzt hatten. Er kannte diesen Lohkamp seit zwei Jahren, und die Geschichte ihrer Beziehung war nicht frei von Irritationen. Doch daß dieser Bulle ihm einen Mord zutraute…

Ein Mittfünfziger packte seinen Utensilienkoffer auf dem Küchentisch aus. Bevor Mager überhaupt registriert hatte, was sie von ihm wollten, war der erste Daumen schwarz. Sorgsam wurden die Fingerkuppen auf einer Karteikarte abgerollt. Zum erstenmal in seinem Leben wurde Mager erkennungsdienstlich behandelt. Mehr als Lohkamps Lautstärke verdeutlichte die Symbolkraft dieses Vorgangs, wie es stand: Sie hatten ihn am Kanthaken.

»Schafft ihn ins Präsidium!«

Als sie Mager hinausführten, konnten die Leute draußen endlich das Schauspiel genießen, auf das sie in Trainingshosen und Bademänteln gewartet hatten. Aus den Nachbargärten und von dem Schotterstreifen auf der unbebauten Straßenseite schossen sie ihre Kommentare herüber: »Das ist er! Der hat's getan! Rübe 'runter mit solchen Typen...«

Ein junger Mensch mit Fotoapparat sprang ihnen in den Weg, und die Fäuste an seinen Oberarmen ließen Mager keine Chance, sein Gesicht zu verdecken. Der Bursche blitzte noch, als die Türen des Streifenwagens bereits zugeknallt worden waren.

Volksfeststimmung auch in der Durchfahrt zur Hauptstraße: Mit der Bierpulle in der Hand ließ sich die Nacht genießen. Nur widerwillig gaben die Leute eine Gasse frei. Hämische Gesichter beugten sich zu den Fenstern herab und glotzten ihn an. Auf dem Wagendach begann ein Trommelkonzert. Als die Kiste endlich anzog, blickte Mager über die Schulter zurück. Der rote Lada stand noch da. Auf seinem Blech schimmerte Laternenlicht. Der Bulli, vor dem er geparkt hatte, war weg.

Erst im Präsidium an der Westerholter Straße nahmen sie ihm die Handfesseln ab und schleppten ihn in den zweiten Stock. Es war dasselbe Büro wie vor zwei Jahren, und der Stuhl war noch immer nicht gepolstert. Ein hochgewachsener Beamter mit einer Frisur, die weniger Kopfhaut bedeckte als die Kappe eines Bischofs, nahm an der Tür Platz. An der Art, wie sich die Ärmel seiner Uniformbluse blähten, erkannte Mager, warum sie ihn für diesen Job ausgesucht hatten.

»Ich muß mal!«

Der Karatemann sah erst gar nicht auf. »Gleich«, sagte er.

»Mensch, Kumpel...«

Mager konnte es nicht lassen. Aber er erreichte zumindest, daß der Typ ihn ansah: »Ich bin nicht Ihr Kumpel!«

»Von mir aus. Aber dennoch verspüre ich ein außerordentliches Bedürfnis...«

Lohkamp kam herein und musterte ihn kurz.

»Was will er?« fragte er. Der Bulle in Uniform sagte es ihm.

»Dann laß ihn doch. Aber geh mit und check ihn vorher ab!«

Eine Kopfbewegung reichte, und Mager streckte sich, als müsse er die Wände des Präsidiums vor dem Einsturz bewahren. Die Untersuchung war knapp, aber gründlich. Als Hauptmeister Karate sich davon überzeugt hatte, daß Mager keinen Totschläger zwischen den Beinen hatte, trabten sie los.

»Groß oder klein?«

»Groß«, sagte Mager. Als er die Kabinentür schließen wollte, stemmte der Typ sein Knie dagegen. Mager sah ihn eindringlich an: »Glaubst du, ich passe durch das Abflußrohr?«

Fünf oder sechs Sekunden lang duellierten sich ihre Pupillen. Dann knallte die Tür ins Schloß.

Während sich Mager bemühte, alle Geräusche zu absorbieren, die an dieser Stätte üblich waren, holte er das Portemonnaie mit seinen Papieren und das Negativ mit Carmens Konterfei heraus. Auf keinen Fall durfte das dunkle Plastikquadrat den Bullen in die Hände fallen. Aber es gab mit Sicherheit keine Stelle mehr am Mann, die nicht erfolgreich gefilzt werden konnte.

Mager öffnete seinen Führerschein: ein grauer, vierseitiger Lappen, wie er seit Jahren nicht mehr hergestellt wurde. Von der dritten Seite strahlte ihm sein zwanzig Jahre jüngeres Ebenbild entgegen: Mager mit einer schönen Nickelbrille.

Das Foto war an drei Ecken mit metallenen Ösen festgenietet. Links unten aber war das Luftloch: Halb auf dem Foto, halb auf dem Dokument prangte der gestempelte Adler des Dortmunder Straßenverkehrsamts. Und solche heiligen Siegel wurden nicht durch simple Metallösen entweiht.

Mager probierte es – und es ging. Das Negativ paßte so gut darunter, daß es bei einer flüchtigen Kontrolle nicht auffiel. Erleichtert stöhnte er auf und zog die Spülung.

»Kommissarin Langer kennen Sie ja noch…«

Lohkamp deutete zu der leicht pummeligen Endzwanzigerin hinüber, die am anderen Schreibtisch Platz genommen hatte. Sie musterte Mager durch ihre dicken Brillengläser. Der Blick erinnerte ihn an das steinerne Ungeheuer neben der Cheopspyramide.

»Ist dieser Steigerwald nicht mehr da?« fragte Mager. »Und dieser Lange…«

Der Hauptkommissar schüttelte bedauernd seine rotblonden Naturfasern.

»Befördert und versetzt… Nach Dortmund«, fügte er, anzüglich grinsend, hinzu. Dann wurde seine Stimme scharf, und in seinen grau-blauen Augen gab es nichts Weiches mehr: »Was war in Herten los?«

»Ich war's nicht«, sagte Mager, aber es klang brüchig und war allem Anschein nach zuwenig.

»Das Mindeste, was Sie auf dem Kerbholz haben, ist Hausfriedensbruch«, konstatierte Lohkamp. »Aber es riecht schon eher nach Einbruch. Und wenn Sie mir nicht alles haargenau erklären können, bleiben Sie hier. Denn Herr Ranke ist nicht an Herzverfettung gestorben.«

»Ich will einen Anwalt«, sagte Mager. Lohkamp verzog das Gesicht. Dann nickte er zum Telefon hinüber.

Hugenberg, dachte Mager. Laut sagte er: »Und ich will eine Leitung ohne Wanzen…«

»Sie haben doch 'ne Meise!« brüllte Lohkamp los. Die Kommissarin sah ihn an – diesen Namen hatte in Recklinghausen der Kripochef gepachtet.

Lohkamp ignorierte den Blick, wurde aber deutlich leiser: »Der Abrechnungscomputer schreibt jede Nummer auf jedem Apparat mit. Aber wenn Sie einen Anwalt anrufen, haben Sie ja nichts zu verbergen. Also, wer soll es sein?«

Mager zog die Schultern hoch. Er kannte keinen.

15.

Morgens um sechs war die Welt noch in Ordnung – aber um sieben rückte die Kripo Dortmund an.

»Guten Morgen!« sagte der Graukopf und sah Mechthild Mager bedauernd an. Sie war um diese Stunde noch nicht sehr frisch und hatte es offensichtlich eilig.

»Mein Name ist Steigerwald. Ich habe hier eine richterliche Anordnung, Ihre Wohnung zu durchsuchen...«

Er hielt ihr den Zettel aus grauem Umweltschutzpapier so lange vor die Nase, bis sie ihn Wort für Wort studiert hatte.

»Was heißt das«, fragte sie und schluckte den Rest ihres Frühstücksbrotes herunter: »Ermittlungen wegen des Verdachts eines Verstoßes gegen den Paragraphen 211 des Strafgesetzgesetzbuches?«

»Das ist der Mordparagraph«, sagte der Mann leise.

Mechthild vergaß das Kauen.

»Mein Mann?« schrie sie dann so laut, daß die Tauben auf dem Nachbargrundstück unruhig wurden. »Nie!«

»Vielleicht sollten wir das doch lieber drinnen besprechen«, schlug der Hauptkommissar vor.

Mechthild Mager starrte die Polizisten der Reihe nach an: Neben Steigerwald stand eine kräftig gebaute Frau, die nicht so aussah, als wäre sie mit der gleichen Geduld gesegnet wie ihr Chef; neben ihr wartete ein schlaksiger Junge, dem Mutti morgens noch das frische Taschentuch zusteckte; und ganz im Hintergrund verbarg sich ein kräftiger, rötlich-blonder Endvierziger, der Magers Weib sehr bekannt vorkam.

»Frau Mager«, sagte Steigerwald, »bitte verzögern Sie...«

»Kalle!« schrie Mechthild, ohne von der Tür zu weichen. Mit dieser Stimme hätte sie eine ganze Polizeikaserne aus dem Tiefschlaf geholt.

Ein robust wirkender Fünfzehnjähriger tauchte aus der Tiefe des Hauses auf. Er hatte nasse Haare und einen Klecks Zahnpasta im Gesicht und sah ansonsten aus wie sein Vater vor der Pubertät.

»Sie wollen Papa was anhängen!« sagte Mechthild. »Hol die Susanne aus dem Bett – sie soll sofort herüberkommen...«

Der Junge flitzte über den Hof und rammte seinen Zeigefinger auf einen Klingelknopf.

»Frau Mager«, sagte Steigerwald und warf dem Schlaks einen beruhigenden Blick zu. »Wenn...«

»Keine Panik«, sagte sie, ohne den Eingang freizugeben. »Frau Ledig kommt als Zeugin hinzu. Ich bestehe darauf, daß Sie kein Zimmer betreten, ohne daß Frau Ledig oder ich dabei sind!«

»Gewiß nicht!« nickte der Graukopf. »Aber vielleicht ist dieser Hof doch nicht der richtige Ort...«

»Wieso nicht?« unterbrach ihn Magers Weib. »Unsere Nachbarn sind Kurden. Die wissen, wie schnell man...«

Kalle tauchte wieder auf, eine schmale blonde Frau in Jeans und T-Shirt im Kielwasser.

Mechthild sah die Blonde an, ohne eine Miene zu verziehen. Die beiden mochten sich nicht, aber das spielte in diesem Moment keine Rolle.

»Susanne, ich brauche dich als Zeugin. Paß auf, daß diese Herrschaften in meinem Haus nichts finden, das jetzt noch nicht da liegt...«

Steigerwald war lange genug im Dienst, um zu wissen, wann sich energisches Durchgreifen lohnte. Seine Miene blieb so unbewegt, als hörte er soeben den Wetterbericht vom letzten Neujahrsfest.

»Wenn die Dame oder die Herren etwas mitnehmen wollen, müssen sie eine Quittung ausstellen. Ich glaube aber nicht, daß Mager ihnen dafür seine eigene Schreibmaschine leihen würde – sie sollen selber sehen, wie sie das hinkriegen. Und wenn sie in das Zimmer des Jungen wollen, schreist du. Dann regel' ich das! – Ist das klar?!«

Der lange Jüngling in Steigerwalds Gefolge nickte automatisch.

Magers Hausflur war kaum breiter als die Goldhamsterleiter, die ins Obergeschoß führte. Als sie sich zu siebt hineingequetscht hatten, reichte der Platz nicht mehr, um die Haustür zu schließen.

»Rechts ist die Küche. Links ist mein Zimmer, da haben Sie aber nichts zu suchen. Mein Mann und der Junge wohnen oben.«

Sie gab Susanne, Steigerwald und dem Rötlichen den Weg frei. Als die drei schon auf der Treppe waren, fiel es ihr ein: Lohkamp hieß der Mensch. Recklinghausen. Was wollte der in Dortmund? Und was war mit Mager? Welchen Wahnsinn hatte er diesmal angestellt? Aber so sehr sie vor allem die letzte Frage interessierte – sie hätte sich eher die Zunge abgebissen, als einen Polizisten zu fragen.

»Und wenn Sie irgend etwas aus den Schränken packen«, rief sie den Bergsteigern hinterher, »dann sortieren Sie es auch wieder ordentlich ein!«

»Mensch, Mama«, meldete sich Kalla, der endlich seine Sprache wiedergefunden hatte. »Das war ja echt cool.«

Die Kommissarin und der schlaksige Typ brauchten nicht lange, um die Schränke und Regale in der Küche zu durchsuchen: Geschirr und Vorräte waren so ordentlich eingeräumt, daß oft ein einziger Blick genügte. Außerdem hatte Mager hier nichts liegen, was im entferntesten nach Arbeit roch. Dennoch machten sie sich die Mühe, Herd und Kühlschrank von der Wand abzuschieben und so weit anzukippen, daß sie auch die Unterseite untersuchen konnten. Falls diese Pedanterie als Provokation gedacht war, lief sie völlig ins Leere.

Mechthild saß, äußerlich ein Bild absoluter Gelassenheit, dabei, schlürfte genüßlich ihren Kaffee und dachte nicht daran, den Besuchern eine Tasse oder einen Stuhl anzubieten. Um zwanzig nach sieben jagte sie den Sohn zur Schule, und um halb acht verschwand sie selbst auf einen Moment ins Nebenzimmer, um den Evangelischen Kindergarten in Barop anzurufen. Dort mußten sie an diesem Morgen ohne sie auskommen.

In Magers Pumahöhle dauerte die Durchsuchung länger. Seit der Auflösung der ehelichen Schlafgemeinschaft war aus dem Raum eine Mischung aus Bibliothek und Revolutionsarchiv geworden.

Susanne Ledig sah sich neugierig um. Ihre Beziehung zu Mager hatte geendet, bevor Mechthild ihm über den Weg gelaufen war. Über einem alten Ohrensessel entdeckte sie ein gerahmtes Pressefoto: Sie beide auf den Straßenbahnschienen vor der Reinoldikirche, vor dem Bauch ein Schild, das den Nulltarif im Personennahverkehr forderte.

Steigerwald und Lohkamp hielten sich nicht lange damit auf, die Ehrengalerie über Magers Bett zu würdigen: Marx, Bogart und Katharina Witt. Sie kauerten sich an entgegengesetzten Enden vor dem Bücherregal nieder und begannen, die Aktenordner im Schnelldurchgang zu sichten. Was sie suchten, verrieten sie nicht.

Nach zweieinhalb Stunden gaben sie auf.

»Tut uns leid, wenn Sie Unannehmlichkeiten hatten«, sagte Steigerwald und öffnete die Tür. Mechthild sah stumm zu, wie die Polizisten an ihr vorbeimarschierten. »Danke, Susanne.«

Die Blonde nickte und wollte auch hinaus, als Lohkamp sich, schon auf der Treppe, zu Mechthild umwandte.

»Frau Mager, Sie sind die erste Frau, die mich in einem solchen Fall nicht nach ihrem Mann gefragt hat und wissen wollte, was los ist...«

Mechthilds Lippen blieben geschlossen.

»Aber ich kann Ihnen nur raten: Besorgen Sie ihm einen Anwalt. Er steckt ganz tief drin...«

Das Knallen der Haustür verschluckte den Rest. Lohkamp zog schniefend die Schultern hoch und schüttelte den Kopf.

Susanne wollte sich an den Beamten vorbeidrängen, doch Steigerwald zückte wieder den grauen Zettel: »Es tut mir leid, Frau Ledig, aber wir müssen noch in Ihre Firma!«

16.

Mager meditierte.

Er hatte sich auf den schlecht geleimten Stuhl gepflanzt, hielt die Hände im Nacken und hatte sich mit gespreizten Ellenbogen so weit nach hinten gestreckt, wie es die Lehne seines Sitzmöbels zuließ. Um sich den Anblick der Zellenwand zu ersparen, hatte er die Augen geschlossen und bemühte sich, angenehmere Bilder auf seine innere Leinwand zu projizieren. Sehr erfolgreich war er dabei nicht.

Irgendwann gegen Mittag rasselte der Schlüssel in der Tür. Ein Wachtmeister, der höchstens noch ein halbes Dienstjahr vor sich hatte, knallte ihm ein Tablett auf den Tisch. Mager rührte keinen Muskel.

»Essen«, knurrte der Alte.

Mager saß unbeweglich wie eine Gottesanbeterin.

»He«, sagte der Puschak. »Ist was mit Ihnen?«

Mager öffnete etwa ein halbes Auge und musterte den Mann.

»Keine Sorge«, knurrte er, »ich bin nicht suizidgefährdet.«

Die Tür krachte ins Schloß, und Mager studierte das Angebot: Die Bratwurst war frisch aus einem Kohleflöz gebrochen, das Kartoffelpürree sah aus wie der NATO-Kitt, mit dem sie bei der Bundeswehr die Wehrpflichtigen vergifteten, und den Rotkohl hatten mindestens zwei Kuhmägen vorbehandelt. Die Tinktur, die sie in der Küche über das Menu gegossen hatten, hätte kein Tankwart ins Altöl gekippt.

Angewidert stand Mager auf. Zahllose Vorgänger hatten zwischen Tür und Fenster eine schmale Spur in den Estrich getreten. Mager nahm die Verfolgung auf: sechs Schritte hin, Kehrtwendung, denselben Weg zurück. Die fehlende Frischluft malte er sich.

Bis morgens um vier hatte ihn Lohkamp gelöchert. Doch Mager war stumm geblieben, so sehr es ihn auch danach drängte, sich zu entlasten. Er wollte das Versprechen halten, das er Hugenberg gegeben hatte.

Schließlich hatte der Rotblonde die Faxen dicke und ließ den Karatemann kommen. In der Aufnahme kassierten sie Gürtel und Schnürsenkel ein, schmissen Mager eine verfilzte Decke zu und sperrten ihn ins Loch. In Anbetracht der Geräusche in der Nachbarschaft war er sogar noch froh, einen Einzelplatz zu haben: Wenn er jemandem beim Kotzen zusehen mußte, wurde ihm selber schlecht.

Das Wecken um halb sieben hätten sie sich sparen können, und schuld daran waren nicht die Saufbrüder nebenan. Magers Gedanken waren als Gesellschafter viel unbequemer: Wer hatte Ranke umgebracht? Wie hatten die Bullen ihn überhaupt entdeckt? Zufall? Eine Falle? Von wem? Und selbst wenn er das alles gewußt hätte, so gab es immer noch das Hauptproblem: Wie kam er wieder frei, ohne Hugenberg zu verpfeifen?

Fragen, Fragen – aber keine brauchbare Antwort. Die blaßgrüne Ölfarbe auf den Wänden beleidigte seine Augen, der Klotopf in der Ecke stank vor sich hin, und wenn er zu dem vergitterten Fenster hinaufstarrte, hatte er das Gefühl, ins Bodenlose zu fallen.

Sechs Schritte vorwärts, sechs zurück...

Kämpfen, dachte er plötzlich. Wenn sie ihn für länger einbuchten wollten, mußte er sich wehren. Die Aussageverweigerung war nur der Anfang. Danach kam der passive Widerstand: Spätestens am nächsten Morgen würde er keinen Schritt mehr auf den eigenen Füßen tun. Ob zum Duschen oder zur Vernehmung – sie würden ihn tragen müssen, und das war ein verdammtes Stück Arbeit. Aber wenn das alles nichts half?

Mager blieb stehen und starrte auf das Tablett mit dem verkohlten Würstchen. Bei diesem Fraß würde er auch einen Hungerstreik durchhalten.

Er setzte sich wieder in Bewegung. Einen Moment lang badete er in der Vision, unschuldig eingesperrt im Mittelpunkt einer großen Solidaritätsaktion zu stehen. Doch dann brach die Erinnerung an die Realität in die Idylle: Er sah den toten Ranke vor sich, die Sensationsgier in den Gesichtern der Nachbarn, die Verachtung in den Augen der Bullen. Für die Öffentlichkeit war er ein ganz normaler Mörder.

Jäh rasselte der Schlüssel in der Tür, der Riegel klatschte gegen die Sperre.

»Kommen Sie«, knurrte der Alte und ließ Mager passieren.

Nach wenigen Schritten standen sie vor einem Löwengitter, in das eine Tür eingelassen war. Der Hauptschlüssel an der Hand des Alten stieß nach vorn, als ob er angewachsen wäre.

»Wenn ich Ihnen einen Rat geben darf«, sagte der Mann, als er den Durchgang hinter sich versperrte, »dann üben Sie sich schon mal in Geduld. Den ersten Koller haben Sie erst nach sechs Wochen gut.«

Lohkamp ließ die Zeitung sinken, als Mager seinen Körper betont träge über die unsichtbare Schwelle schob.

»Kaffee?«

»Leck mich«, murmelte Mager, obwohl seine Geruchsnerven sofort angesprungen waren.

»Dann eben nicht!«

Lohkamp grinste und schüttete die braune Flüssigkeit in seine Tasse. Allein für das Umrühren hätte Jack Nickolson seinen nächsten Oskar bekommen.

»Zur Besinnung gekommen?« fragte Lohkamp und hielt seine Nase provokatorisch in den Costa-Rica-Duft.

»Therese Giehse!« sagte Mager.

»Wie bitte?«

»Es gibt 'ne Schwarz-Weiß-Version von den *Physikern*, da riecht Therese Giehse eine halbe Stunde lang an einem Glas Rotwein. Sie schaffen das nicht – Ihre Nase ist zu kurz.«

Lohkamp stellte die Tasse ab und schmiß Mager die Zeitung hinüber: »Seite eins, untere Hälfte!«

Mager wühlte in dem Papierpacken, bis er das Titelblatt fand. Oben gings wieder um Sex, unten tobte das Verbrechen: MORD UM MITTERNACHT. Daneben das grobkörnige Porträtfoto eines nicht mehr ganz jungen, wohlgenährten Mannes mit Bart und Brille. Das Blitzlicht hatte die Augen ins Groteske verzerrt – so guckte der Frosch die Königstochter an.

Während Magers Blick die wenigen Zeilen entlanghetzte, die der Redakteur in letzter Minute ins Blatt geknallt hatte, lief unter seinen Achseln ein ganzer Salzsee aus.

Mord in Herten: Der Fotojournalist Thorsten Ranke (28) wurde in der letzten Nacht tot in seinem Schlafzimmer aufgefunden. Ermordet. Und die Tat ist schon fast aufgeklärt: Ein anonymer Anrufer meldete einen Einbruch. Als eine Streife zum Tatort kam, kletterte gerade ein rund vierzigjähriger Mann aus dem Fenster. Den Namen des Täters (Foto) hält die Kripo Recklinghausen noch geheim. 'Aus taktischen Gründen', wie Hauptkommissar Lohkamp (45) erläuterte.

»Zufrieden?« fragte Lohkamp. »Sie wollten doch schon immer Schlagzeilen machen…«

»Ich war's nicht!« stieß Mager hervor und warf das Blatt auf den Schreibtisch zurück.

»Überzeugen Sie mich!«

Mager zuckte die Achseln und schwieg. Die Fenster waren weit geöffnet, aber die Luft im Raum war stickig: Draußen brütete die Sonne an einem besonders dicken Ei.

»Hören Sie mal zu, Mager!« Lohkamp beugte sich über den Tisch raschelte mit dem Zeitungspapier.

»Das hier ist einer der seltenen Fälle, in denen dieses Blatt noch nicht den Namen des Verdächtigen wußte. Für diesen Gefallen sollten Sie mir die Füße küssen. Aber wenn Sie nicht langsam kooperativ werden, werfe ich Sie den Haien zum Fraß vor. Und dann sind Sie und Ihre Firma erst mal weg vom Fenster!«

Mager lernte das Muster an der Wand des Nachbarhauses auswendig.

Der Hauptkommissar breitete die Arme aus: »So groß stehen Sie morgen auf dem Titel. Nicht mehr als Nummer Zwei, sondern ganz oben: Der Kollegenmörder. Ich glaube nicht, daß Sie dann noch die Zeit haben, das Blatt wegen übler Nachrede zu verklagen. Sie werden nämlich voll und ganz mit Ihrem eigenen Verfahren beschäftigt sein…«

Mit einem Blick, den er für verächtlich hielt, streifte Mager den Kommissar und suchte den Platz in der Zeitung, den er am nächsten Morgen zieren sollte: »Dieses Mistblatt…«

Er stutzte. Las die Überschrift noch einmal und sah dann das Bild daneben. Guckte genauer hin und stöhnte auf: »Ach du…«

Bild hatte das Stankowski-Foto. Es bestand zwar vor allem aus dicken schwarzen Balken, sah aber in der entschärften Fassung noch anzüglicher aus als im Original.

Lohkamp krallte sich das Blatt und suchte nach dem Text, der Mager aus der Bahn geworfen hatte:

ORGIEN IM RATHAUS? Oberbürgermeister im Zwielicht... Pressesprecher weiß von nichts... Stankowski muß sich äußern...

Der Hauptkommissar starrte noch eine Weile auf den Titel. Dann griff er zum Telefon: »Martina, bring mir mal die Negativstreifen aus Rankes Schatzkammer... Ja, bei den Technikfritzen... Nein, völlig egal, wenn die noch nicht fertig sind...«

Er legte auf, starrte Mager an und wartete.

Der Kameramann fühlte sich endgültig unbehaglich. Er tastete die Taschen seiner Windjacke ab und zog ein zerknittertes rotes Päckchen heraus. Die letzte. Egal.

Die ganze Aktion war für die Katz' gewesen. Trotz des Schweigegeldes hatte Ranke das Foto an diese Zeitung geschickt. Idiotisch eigentlich, denn damit war die Quelle versiegt, die er gerade erst angezapft hatte. Oder gab es noch andere Leute, die Abzüge hatten ...

Mager schaffte es nicht, seine Gedanken zu ordnen. Nur eins wurde ihm immer klarer: In wenigen Augenblicken wußte Lohkamp, um was es ging. Und Stankowski saß sowieso in der Tinte – dem konnte keiner mehr helfen. Warum also sollte er hier sitzen und weiter den Helden spielen?

Auf dem Flur hämmerte ein Paar hoher Absätze heran. Dann wurde die Tür aufgestoßen. Die pummelige Kommissarin stürmte herein und knallte Lohkamp einen Plastikkorb auf den Tisch. Die Negativstreifen.

Der Hauptkommissar griff zu und hielt einen nach dem anderen gegen das Licht. Beim vierten Streifen nickte er zufrieden und warf ihn zu Mager hinüber, wie man einem Hund einen Brocken Fleisch zuwirft. Doch Mager fing den Bissen gar nicht erst auf.

»Wie Sie wollen«, sagte Lohkamp und öffnete seine Schreibtischschublade. »Vielleicht gefällt Ihnen das besser...«

Zwei Plastikhüllen segelten heran. Mager riskierte einen

Blick und fühlte sich, als würde ihm der Stuhl unter dem Hintern weggezogen: Hugenbergs Liste mit den letzten Gästen der Stankowski-Fete. Und das Foto mit dem Oberbürgermeister und seiner Gespielin. Es war das gleiche wie in der Zeitung.

»Also gut«, sagte Mager krächzend. »Ich biete Ihnen einen Deal an...«

»Einen was?«

»Einen Deal...«

Die Kommissarin lachte auf: »Der Pferdemarkt ist in Crange, Herr Mager.«

Mager fing den Blick auf, den Lohkamp ihr schenkte. Unmöglich zu sagen, ob er ernsthaft sauer war oder ob das zu dem alten Spielchen mit dem guten und dem bösen Sheriff gehörte.

»Lassen Sie trotzdem mal hören...«

Mager lehnte sich zurück: »Ich nenne Ihnen vertraulich einen prominenten Namen. Sie rufen ihn an, und er sagt Ihnen, was Sache ist.«

»Und was ist der Deal?«

»Sie lassen seinen Namen aus der Sache heraus und mich aus Ihrem Knast.«

Lohkamp schüttelte bedächtig den Kopf: »Mein Lieber, Sie verkennen die Lage. Wenn Sie nicht bald gesprächig werden, besorge ich mir einen Haftbefehl...«

Mager riß die Augen auf.

»Daß wir bis jetzt hier eine nette Familie waren, liegt nur daran, daß Sie aus alten Zeiten noch was gut hatten. Aber das Konto ist leer – seit ich letzte Nacht Ihren Namen herausgehalten habe.«

Mager schwieg.

»Sag's ihm, Martina!«

Die Langer rollte mit ihrem Schreibtischstuhl dicht an Mager heran und nahm die Brille ab. In einer anderen Umgebung hätte er ihre Augen schön und ihr Parfüm aufregend gefunden.

»Der Deal geht so: Sie nennen uns den Namen, und wir reden mal mit Ihrer Prominenz. Dann sehen wir weiter.«

Mager starrte der Frau ins Gesicht. Schließlich stand er auf und fingerte aus der Gesäßtasche seiner Jeans das Portemonnaie heraus, das sie ihm nach flüchtiger Durchsicht zurückgegeben hatten. Hugenbergs Visitenkarte sah nicht mehr ganz so kostbar aus wie am letzten Sonntag.

Skeptisch musterte Lohkamp die Karte.

»Na gut!« sagte er schließlich und verließ den Raum. Mager goß sich ungefragt einen Kaffee ein und gönnte sich einen ruhigeren Blick in die Zeitung. Hugenberg würde es richten.

Mager hatte den Sportteil bis auf die letzte Silbe gelesen, als Lohkamp zurückkam.

»Erreicht?«

Lohkamp nickte.

»Dann kann ich gehen?«

Lohkamp schüttelte den Kopf.

»Ihr Hugenberg kann nichts für Sie tun. Aber er läßt bestellen, daß ihm die gemeinsame Schulzeit so viel wert sei, daß er sich um einen guten Anwalt kümmert.«

Es dauerte etwas, bis Magers Herz wieder schlug.

17.

Hugenberg verfolgte Stankowski mit dem Blick eines Wachhunds, dessen Besitzer in der Eiger-Nordwand hängt. Seit einer halben Stunde arbeitete der Oberbürgermeister an einem Trampelpfad, der quer durch sein Dienstzimmer führte: Von den schlanken Doppelfenstern mit dem Blick auf Straße und Grünanlagen zu einem hüfthohen Tisch in der Ecke, auf dem ein erstes Modell des Großprojekts am Hafen aufgebaut war. Dabei stampfte er zugleich eine Scheidelinie in den Teppichboden, die den Bereich seines Schreibtischs vom Rest der Welt trennte.

Abrupt blieb er stehen und wandte sich Hugenberg zu. Er stand leicht gebeugt und hatte die Augen eines Mannes, der schwer unter Druck stand, aber noch nicht aufgab.

»Also haben wir hunderttausend Mark zum Fenster hinausgeworfen«, sprach er es schließlich aus. Es war die einzig mögliche Schlußfolgerung, seit er das Bild in der Zeitung mit eigenen Augen gesehen hatte.

»Ich fürchte…«, sagte Hugenberg und schaute eilig auf den Notizblock. Die Länge des folgenden Redeschwalls hätte jeden Richter gefreut, der noch daran zweifelte, daß der Angeklagte schuldig war.

»Das Foto wurde von einem Taxifahrer bei der Zeitung abgegeben, noch bevor wir überhaupt eine Chance hatten, die zweite Rate zu bezahlen. Der Pförtner hat es sofort an die Redaktion weitergereicht – während die Tagesschau lief, also kurz nach acht Uhr abends. Ich selbst habe das Geld pünktlich um elf auf den Treppenstufen deponiert und mich auf meinen Beobachtungsposten zurückgezogen. Um halb eins war es weg, ohne daß ich unten jemanden gesehen hätte – der Mann muß über die Gleise gekommen sein. Und zur gleichen Zeit ist unser Mann in Herten festgenommen worden…«

Stankowski schüttelte den Kopf und setzte sich. So, wie er seinen Sessel leicht nach rechts und links schwenken ließ, sah er fast gelassen aus. Aber seine Hände klammerten sich von unten an die Schreibtischkante. Er brauchte den Eichenklotz als Schutzschild wie ein Soldat die Brustwehr.

»Vielleicht hätten wir von Anfang an die Polizei einschalten müssen.«

Bei diesem Thema hatte Hugenberg bessere Karten. Er sah auf und zuckte mit den Schultern: »Als ich kam, war alles schon entschieden und von Wiemann abgesegnet…«

Stankowski senkte die Lider um ein paar Millimeter und schien über etwas nachzudenken. Jedenfalls nickte er einige Augenblicke später leicht vor sich hin. Um was es ging und zu welchem Schluß er gelangt war, behielt er für sich.

»Hat dieser Journalist ausgepackt?«

»Ich glaube nicht. Ein Hauptkommissar aus Recklinghausen hat mich vorhin angerufen und gefragt, ob ich irgend etwas Entlastendes über Herrn Mager sagen könnte. So, wie er sich ausdrückte, hatte er keine Ahnung, wer Mager auf Ranke angesetzt hat.«

»Und?«

»Ich habe gesagt, ich wüßte von nichts.«

»Riskant...«

»Kaum. Dieser Mager hat ein, vorsichtig ausgedrückt, etwas gebrochenes Verhältnis zur Polizei. Er wird noch ein Weile dichthalten. Und Wiemann hat seine Fühler schon ausgestreckt. Er meint, heute abend würden wir ihn 'rausholen...«

»Auch wenn Mager es war, der Ranke...«

»Ausgeschlossen. Der doch nicht.«

Der Ton ließ Stankowski aufhorchen. Er warf Hugenberg einen schnellen Blick zu, als wollte er die Gewißheit des anderen überprüfen. Dann lehnte er sich zurück: »Dann ist die Partei also aus dem Schußfeld, wenn ich die Verantwortung auf mich nehme?«

»Peter!«

Hugenbergs Stimme klang jetzt sehr engagiert.

»Was hast du denn überhaupt Schlimmes getan? Eine Affaire – und? Vor zwanzig Jahren war das vielleicht schlimm, aber heute ist es nur noch etwas peinlich. Ich schwör's dir, in ein paar Wochen redet keiner mehr davon...«

Der Oberbürgermeister schwieg. Er sah nicht so aus, als ob Hugenberg ihn überzeugt hätte.

Es klopfte.

Eine Sekunde später stand die brünette Sekretärin im

Raum. Sie war in den letzten zwei Tagen um mindestens zwei Jahre gealtert.

»Entschuldigung. Auf der einen Leitung habe ich das Vorzimmer des Ministerpräsidenten, auf der anderen Herrn Croissant aus Luxemburg...«

Stankowski überlegte.

»Noch weitere Anrufe?«

Die Brünette senkte den Kopf und die Stimme: »Ihre Frau. Mehrmals. Die Fraktionsvorsitzenden aller Parteien, der WDR, der *Stern* und noch ein halbes Dutzend Zeitungen, die Kriminalpolizei, der Direktor der IHK...«

Der Oberbürgermeister winkte ab. »Schon gut. Geben Sie mir zuerst den Ministerpräsidenten.«

Hugenberg blickte ihn fragend an.

»Ich möchte mit ihm allein sprechen«, sagte Stankowski und lehnte sich zurück. Hugenberg erhob sich wortlos und folgte der Brünetten hinaus.

Sie setzte sich an ihren Flötotto und stellte mit zwei Knopfdrücken die Telefonverbindung her. Dann bat sie in perfektem Französisch den Anrufer aus Luxemburg noch um einige Augenblicke Geduld.

Hugenberg bemerkte das Wasser in ihren Augen. Sie wich seinem Blick aus und faltete ein Papiertaschentuch auseinander. Aber das Make up war nicht mehr zu retten.

Hugenberg drehte ihr den Rücken zu, um sie nicht weiter zu verunsichern. Betont geschäftig blätterte er in seinen Notizen.

»Ich wollte, ich wüßte eine Lösung!« murmelte er so laut, daß sie ihn verstehen konnte. »Das hat Stankowski nicht verdient!«

»Herr Hugenberg«, brach es jetzt aus der Frau heraus. »Ich sitze jetzt zehn Jahre in diesem Zimmer und habe ihn in dieser Zeit öfter gesehen als seine Frau. Er ist der beste Chef, den ich je hatte. All die Jahre hat er getan, was er konnte, um

Oberhausen aus der Krise zu holen. Und das ist jetzt der Dank dafür…«

Sie schluchzte laut auf und brauchte einige Augenblicke, ehe sie weitersprechen konnte.

»Außerdem: Was hat so ein Mann schon vom Leben? Ist das denn solch eine Sünde, wenn er mal schwach wird? Er hat doch auch ein Recht auf…«

Die Wechselsprechanlage knackte.

»Frau Schnittger«, sagte Stankowski. Seine Stimme nach zu urteilen, hatte er schon angenehmere Gespräche mit dem Landesvater geführt.

»Ist Herr Croissant noch dran? Stellen Sie ihn bitte durch.«

Routiniert tat sie, was ihr Job war.

»Ich finde, er macht trotz allem einen gefaßten Eindruck«, sagte Hugenberg, um die drohende Stille zu verjagen.

Die Frau nickte. Ihre Augen waren auf die Telefonanlage gerichtet. Ein blinkendes Lämpchen zeigte, daß im Büro des Chefs noch gesprochen wurde. Als Hugenberg zum zweitenmal hinschaute, sah er, wie es erlosch.

»Das ging aber schnell«, murmelte Frau Schnittger. »Sonst hat er die Luxemburger stundenlang…«

Hugenberg stand auf und fixierte die Polstertür, die Stankowskis Büro gegen die Hektik des Vorzimmers abschottete. Früher wäre er jetzt ohne zu zögern hineingegangen…

Ein trockener Knall ließ die beide zusammenfahren. Ein dumpfer, schwerer Fall folgte.

Hugenberg stürmte in das Büro, doch es war zu spät.

18.

»Habt ihr schon gehört? Stankowski ist tot!«

Susanne Ledig starrte Mechthild Mager erschüttert an. Aber selbst Eingeweihte hätten als Zeugen dieser Begegnung kaum herausgefunden, was die PEGASUS-Chefin mehr aus dem Gleichgewicht geworfen hatte: Die Meldung aus dem *Mittagsmagazin* oder die Tatsache, daß Mechthild sich fünf Jahre nach Gründung des Unternehmens zum ersten Male dazu herabgelassen hatte, die Firmenräume zu betreten.

Wie auch immer – beide Sensationen führten dazu, daß alle in Freiheit verbliebenen PEGASUS-Angehörigen sich kurz darauf in Mechthilds Küche versammelten und das einzige Produkt des Hauses genossen, das man Gästen ohne größeres Risiko vorsetzen konnte: Kaffee.

»Es wird immer doller!« seufzte die PEGASUS-Chefin und schlürfte vorsichtig ein Schlückchen von der heißen Brühe ab. »Erpressung, Mord, Hausdurchsuchung, Festnahme, Selbstmord. In allem, was in diesen Tagen an Kriminalität im Ruhrgebiet passiert, haben wir unsere Finger drin…«

»Stimmt nicht!« meldete sich Kalle Mager zu Wort. »Drogen und Nutten fehlen uns noch.«

Mechthild warf ihrer Leibesfrucht einen Blick zu, der in ihrem Kindergarten zur fristlosen Kündigung geführt hätte. Aber es sah nicht so aus, als ließe sich Kalle davon sonderlich beeindrucken.

»Paß mal auf«, sagte Saale, der seinen Heimaturlaub bei der Nachricht von Magers Festnahme abgebrochen hatte. »Das alles ist überhaupt nicht lustig. Dein Alter sitzt unter Mordverdacht im Knast. Wenn er nicht bald herauskommt, dann ist hier der Teufel los. Und deine Lage am *Reinoldus* wird davon auch nicht besser.«

»Von dem Werbevideo für die Schule mal ganz zu schweigen«, warf Susanne ein. Sie hatte, wie immer, das Firmenwohl im Auge.

»Wir sollten mal diesen Hugenberg kontaktieren«, schlug Saale vor. »Er ist der einzige, der wirklich etwas für Klaus tun kann. Außerdem sind die beiden alte Kumpels.«

»Ich wundere mich, daß der sich nicht selbst gemeldet hat«, meinte Karin Jacobmayer.

»Mir gefällt der Typ nicht.« Die PEGASUS-Chefin goß

Kaffee nach. »Seit er hier aufgetaucht ist, haben wir nur Probleme. Und werden von unserer eigentlichen Arbeit abgehalten. Lange können wir uns das nicht leisten.«

Alle nickten.

»Diese Frau, mit der Stankowski im Clinch lag. Sie ist der Schlüssel in der ganzen Angelegenheit. Wenn wir sie identifizieren könnten...«

»Wie denn?« fragte Karin. »Wir haben keinen Namen und kein brauchbares Foto.«

Schweigen.

»So groß kann der Kreis nicht sein«, meinte Susanne. »Eine angemietete Nutte... Wer von unseren Freunden und Kollegen hat Kontakt zu dieser Szene?«

»Privat oder beruflich?« grinste Saale.

»Scheißegal!«

Da niemand einen Tip wußte, kramte Susanne Ledig ihr Notizbuch hervor. Nach wenigen Sekunden leuchteten ihre Augen auf: »Hannes Schreiber!«

»Der Lange aus Wattenscheiß?« fragte die Rote. »Von Malibu?«

»Genau! Der kennt im Pott jeden Schwanz!«

»Wie meinst du das?«

Susanne prustete los: »Quatsch! Der ist nicht schwul. Ich meine, der hat einen guten Draht zu den schrägsten Vögeln des Reviers. Wenn einer eine Idee hat, wo oder wie man diese Carmen finden kann, dann Hannes Schreiber.«

Sie diskutierten noch eine gute halbe Stunde an dem Fall herum, aber etwas wirklich Brauchbares fiel ihnen nicht ein.

»Eins ist aber wohl klar«, meinte Saale zum Schluß. »Wenn ein Mann wie Stankowski sich wegen solch einer Affäre freiwillig verabschiedet, dann geht es um mehr als Geld...«

Der Rest der Runde nickte.

»Wahlen«, vermutete Karin.

»Darum geht's immer«, meinte Susanne. »Ich tippe auf das TRC-Projekt. Aber bevor Mager nicht aus dem Knast ist...«

Mechthild stoppte sie mit einer Handbewegung und starrte auf den Hof hinaus. In der Schlucht zwischen der PEGASUS-Residenz und dem Haus, in dem die Türken wohnten, tauchten zwei junge Burschen auf, die sich neugierig umsahen.

Der eine von ihnen stellte sich schließlich mit einem Fotoapparat mitten aufs Pflaster und jagte mit einer Serie von Rundumschüssen mindestens einen halben Film durch den Apparat.

Magers Gattin sprang auf, doch bevor sie die Klinke in der Hand hielt, klingelte es auch schon.

»Frau Mager?« fragte eine auf Schmalz getrimmte Männerstimme. Dazwischen hörten sie das unverkennbare Klicken eines Kameraverschlusses.

»Hören Sie!« keifte Mechthild los. »Sie haben auf diesem Hof nichts…«

Klick.

»Schauen Sie sich mal dieses Foto an…«

Klick.

»Kennen Sie diesen Mann?«

Klick.

»Ist das Ihr Mann?«

Klick.

»Wir haben einen Hinweis bekommen…«

Klick.

»Wer vertritt Ihren Mann vor Gericht?«

Klick.

»Reden Sie schon: Ist Ihr Mann Rankes Mörder?«

Peng.

Gegen Mechthilds Besenstiel kam die gute CANON nicht an.

19.

»Warum haben Sie Ranke umgebracht?«
»Wer hat das Foto an die Zeitung geschickt?«
»Haben Sie Stankowski erpreßt?«
»Wer hat fotografiert – Ranke oder Sie?«
»Warum haben Sie Streit bekommen?«
»Hat Ranke in Ihrem Auftrag fotografiert?«
»Woher stammen die 50.000 Mark in Rankes Keller?«
»Wer ist die Frau auf dem Foto?«
»Wer ist noch an der Erpressung beteiligt?«

Lohkamp und die Langer fragten abwechselnd. Sie hatten Mager so plaziert, daß er fast in ihrer Mitte saß und, hätte er antworten wollen, sich mal nach rechts und mal nach links den Hals hätte verrenken müssen.

Aber Mager wollte gar nicht antworten.

Er ertrug die Tortur mit jener stoischen Miene, die Mechthild bei den regelmäßigen ehelichen Vormachtkämpfen schier zur Verzweiflung trieb. Und auch die Taktik des Schweigens war im Ehekrach erprobt. Denn sobald er Mechthild nur eine einzige Antwort gab, verzehnfachte sich ihr Fragenkatalog. Die beiden Bullen, spekulierte Mager, würden ähnlich reagieren. Wenn er aber hartnäckig schwieg, würden sie irgendwann aufgeben...

Gegen halb vier öffnete sich leise die Tür. Ein drahtiger Kripomann, der noch nicht weit jenseits der Fünfzig sein konnte, glitt lautlos herein und beugte sich zu Lohkamp hinab.

Mager erkannte ihn auf Anhieb wieder. Oberkommissar Hänsel sah stets so aus, als wäre er schon mit seiner Krawatte auf die Welt gekommen. Seit dem Mordfall Michalski vor zwei Jahren galt er als das größte Sprachtalent der Kripo Recklinghausen. Damals hatte er, ohne anfangs die geringste Ahnung vom Holländischen zu haben, in kürzester Zeit Dutzende von Akten der *Rijkspolitie* fehlerfrei übersetzt.

Lohkamp blickte unwirsch hoch: Solche Unterbrechungen konnten jede Einvernahme zum Scheitern bringen. Aber nach einem scheelen Seitenblick auf Mager, der angesichts der Pause etwas leichter atmete, stand er doch auf und ging mit – vielleicht hatte er innerlich schon kapituliert.

Die Langer spürte wohl, daß Mager dabei war, sich zu stabilisieren. Sie begann damit, das nächste Paket an Fragen abzuschießen. Es unterschied sich von dem, das Mager schon kannte, nur durch die Reihenfolge.

Als sie zwischendurch einmal Luft holte, öffnete der Stumme doch den Mund: »Geben Sie mir die Gelben Seiten!«

Die Kommissarin starrte ihn verblüfft an.

»Es reicht jetzt«, sagte Mager. »Ich will einen Anwalt.«

Als der Hauptkommissar zurückkehrte, war er verblüfft, Mager beim Blättern im Branchenverzeichnis vorzufinden.

»Was sind das für Faxen?«

Die Langer sagte es ihm. Lohkamp rümpfte leicht die Nase und zog dann seinen Drehstuhl von Mager weg wieder hinter den Schreibtisch. Er setzte sich. Lässig legte er seine Hakken auf einer herausgezogenen Schublade ab, musterte den Delinquenten und bot ihm schließlich eine Zigarette an.

Der Dicke zögerte. Aber irgend etwas hatte sich am Klima verändert, das war jetzt keine Taktik mehr. Vielleicht wurde der Bulle endlich vernünftig.

Er griff zu, brach den Filter ab und setzte den Torso in Brand.

»Vier gute Nachrichten und eine schlechte«, begann Lohkamp. »Welche möchten Sie zuerst hören.«

»Die guten!«

Der Hauptkommissar überlegte und schüttelte seine rotblonde Wolle: »Das haben Sie sich nicht verdient. Wir fangen mit der schlechten an. Stankowski ist tot!«

Mager glotzte nur.

»Normalerweise würde ich mir jetzt den Haftbefehl ausstellen lassen. Das gleiche Foto von Stankowski in der Zeitung und in Ihrem Büro, das passende Negativ bei Ranke, Ranke tot und Sie bei dem Toten – paßt, würde ich sagen. Genauso wie die Tatsache, daß Stankowski Selbstmord begangen hat...«

»Gott sei Dank!«

»Wie?«

Mager beugte sich vor: »Wenn ihm jemand anderes ein Loch in die Brust gebohrt hätte, würden Sie doch die Schuld mir in die Schuhe schieben. So wie Sie momentan drauf sind!«

Lohkamp zog wieder die dunklen Gardinen vor sein Gesicht.

»Kommen jetzt die guten Nachrichten?« fragte Mager.

Lohkamp schüttelte den Kopf, und Mager drückte sofort die Zigarette aus: »Also doch reine Taktik.«

Lohkamp winkte ab. »Wo waren Sie am Dienstag abend?«

Die Kommissarin blickte auf ihren Chef. Bisher war immer vom Mittwoch die Rede gewesen.

»Einen Anwalt«, wiederholte Mager.

»Mensch, vergeuden Sie nicht unsere Steuergelder. Haben Sie für die Nacht von Dienstag auf Mittwoch ein halbwegs brauchbares Alibi?«

Etwas an Lohkamps Stimme signalisierte Mager, daß er sich jetzt seinen baldigen Abgang verdienen konnte. Aber der Dienstagabend lag schon drei Ewigkeiten zurück...

»Also, schreiben Sie. Gegen zwanzig Uhr besuchte Herr Mager die Stadtbücherei und lauschte dem Vortrag von Professor Grütz über den unaufhaltsamen Abstieg der Ruhrgebietsliteratur. Dies belegt er durch Zeugenaussagen und eine Quittung der Eintrittsgebühr. Gegen Ende der Veranstaltung wechselte er mit dem bekannten Rundschau-Journalisten Rausch in die Gaststätte 'Dolfo'. Dort schütteten sie sich bis nach Mitternacht die Birne voll. Eine Rechnung belegt den Alkoholmißbrauch. Mit einem Taxi ließ sich Herr Mager anschließend nach Hause fahren. Auch dies wird durch Quittung bewiesen. Anschließend fiel Herr Mager in einen tiefen Schlaf und wurde am frühen Morgen von seiner lieben Gattin grausam geweckt. Daß der rote Lada in der Zwischenzeit nicht bewegt wurde, manifestiert ein Strafzettel für falsches Parken an der Hansastraße, ausgestellt gegen neun Uhr zehn am Mittwoch morgen…«

Lohkamp sprang auf und verschwand im Nebenzimmer. Seine nicht sehr tiefe Stimme war durch die geschlossene Tür zu hören. Offenbar mußte er Rausch aus einer Sitzung holen. Als er zurückkam, goß er Mager eigenhändig einen Kaffee ein.

»Kommen die guten Nachrichten *jetzt*?« fragte der Kameramann.

Der Chef der Mordkommission nickte. »Fragt sich nur, für wen sie gut sind…«

Er schob noch einmal eine von seinen Parfümierten herüber.

»Erstens hat die Untersuchung ergeben, daß Sie offenbar nicht über das Originalmaterial des Erpressers verfügen. Sie haben nur das Foto eines Fotos. Zweitens ist uns mitgeteilt worden, daß Sie die Namensliste von Stankowskis Fete von Ihrem Freund Hugenberg bekommen haben. Drittens hat die pathologische Untersuchung ergeben, daß Ranke umgebracht worden ist, lange bevor Sie am Tatort waren…«

Mager hätte ihn für diese Worte küssen können. Die vierte gute Nachricht verstand sich von selbst. Aber Lohkamp zögerte sie noch heraus, sondern schaltete ein Tonband ein.

Mein Name tut nichts zur Sache. In Herten, Schachtstraße 1 a, findet gerade ein Einbruch statt. Wenn Sie sofort losfahren, können Sie den Täter erwischen.

Es dauerte einige Sekunden, bis dem PEGASUS-Mann klar war, was diese Aufnahme bedeutete: Irgendwer hatte ihn bei Ranke auflaufen lassen. Er war in Herten die ganze Zeit beobachtet worden.

»Kennen Sie die Stimme?« fragte Lohkamp, als an Magers Stirn ablesbar war, daß er kapiert hatte.

»Nochmal von vorn...«

Lohkamp tat ihm den Gefallen.

»Ich bin nicht sicher. Aber von der Stimmlage her könnte das Roggenkemper sein...«

Der Kripomann stöhnte: »Sie sollten sich mal untersuchen lassen. Das ist eine schwere Neurose...«

Mager erhob sich. Als er schon in der Tür stand, gab ihm Lohkamp noch einen kostenlosen Rat mit auf den Weg: »Hören Sie zu. Wir hätten das alles einfacher haben können. Aber wenn Sie einen Polizisten sehen, fallen ihnen immer gleich die Schauermärchen vom Böllemann ein. Werden Sie endlich erwachsen, mein Freund.«

Die Langer sorgte dafür, daß er seine Schnürsenkel und den Gürtel zurückbekam, und brachte ihn in die Eingangshalle.

»Haben Sie einen Zigarettenautomaten in der Kantine?«

Sie stiegen in den Keller, und Mager steckte gleich vier Zweimarkstücke in den Schlitz. Mit den beiden Päckchen in der Hand fühlte er sich gleich wohler. Neugierig sah er sich um. Im Falle eines Bombenangriffs lag die Bullenküche günstig. Aber wohlfühlen konnte man sich hier nicht. Der Raum hatte nicht mal Fenster.

»Los«, sagte die Kommissarin. »Oder wollen Sie hier als Spülhilfe anfangen.«

Als Mager schon in der Tür stand, fiel ihm etwas ein: »Und wo sind meine Wagenschlüssel?«

»Die haben wir«, sagte die Langer.

»Und?«

Sie wirkte ein wenig verlegen: »Das Auseinandernehmen hat prima geklappt. Aber solch einen Lada zusammenbauen – dafür brauchen unsere Jungs ein wenig länger.«

20.

Der weite Platz vor dem Präsidium lag zwar im Schatten, aber die Mauern ringsherum und das Pflaster unter Magers Füßen konservierten die Hitze des Tages wie ein Kachelofen. Dennoch blieb er erst einmal stehen und dehnte sich in der neugewonnen Freiheit. Als er auf die Straße trat, legte sich eine Hand auf seine Schultern.

»Freiheit für Klaus-Ulrich Mager und alle anderen politischen Gefangenen!« zitierte Hugenberg und lachte.

Mager bekam einen Blutstau.

»Du Arsch!« schrie er. »Du hast mich hängen lassen!«

Minutenlang überschüttete er seinen ehemaligen Klassenkameraden mit Beschimpfungen und Drohungen. Als ihm die Luft ausging, fragte Hugenberg trocken: »Können wir jetzt fahren?«

»Eher krieche ich auf allen Vieren nach Hause…«

Hugenberg stützte die Ellbogen auf das Dach des weißen Mazda.

»Du solltest mir dankbar sein. Ohne mich würdest du noch ein paar Tage in diesem Bau sitzen.«

Mager prustete los, wurde aber mit einem Mal still. Da konnte etwas dran sein. Wortlos ließ er sich auf den Beifahrersitz fallen.

Hugenberg startete und fädelte das Auto in den Feierabendverkehr ein, der sich über den Wall quälte.

»Ist das dein Ernst?«

»Glaubst du denn, die hätten dich gehen lassen?«

Mager blickte seinen Sponsor skeptisch an. »Ranke wurde schon Dienstag nacht umgebracht. Da habe ich ein wasserdichtes Alibi.«

»Ich weiß! Aber vergiß den Einbruch nicht! Rausgekommen bist du, weil wir uns von Düsseldorf aus eingeschaltet haben. Gegen den Protest von diesem Lohkamp.«

»Und warum hast du mich am Morgen verleugnet?«

»Anordnung des Krisenstabs. Die wollten erst sehen, was sich nach Rankes Tod und nach der Veröffentlichung des Fotos tut. Ich habe meinen Kopf gewettet, daß du dichthältst.«

»Wie ist es dir denn in der Nacht ergangen?« fragte Mager und blies den Qualm in Hugenbergs Richtung.

»Ich habe das Geld wie vereinbart hinterlegt und abgewartet. Als keiner kam, habe ich um eins nachgesehen. Da war das Geld weg. Der Kerl muß über die Gleise gekommen sein.«

»Nachts?« staunte Mager. Und schrie: »Aber Ranke war doch schon längst kalt!«

Hugenberg zuckte mit den Schultern und drückte, endlich aus dem Innenstadtbereich heraus, aufs Gas: »Vielleicht hat er mit Partner gearbeitet. Mit dieser Carmen vielleicht!«

Er warf eine Cassette ein und drehte die Boxen auf. Sanfter Reggae aus Birmingham salbte Magers Ohren. Er warf die Kippe aus dem Fenster, genoß die UB 40-Klänge und den Fahrtwind, der ihm die verklebten Haare trocknete. Links flog die kilometerlange Zechenmauer von *König Ludwig* vorbei, rechts aber dehnten sich Felder und, hinter der Autobahn, die Wälder der Brandheide. Das war 'was anderes als Knast!

Hugenberg nahm Gas weg und lenkte den Wagen vorsichtig über die schmale Brücke, die sich im rechten Winkel über die Bahnlinie nach Datteln quälte. Dann öffnete er das Handschuhfach und reichte Mager einen Umschlag hinüber.

»Was soll ich damit?«

»Das Honorar!«

Mit dem kleinen Finger schlitzte Mager den weißen Umschlag auf und förderte fünf Tausendmarkscheine zu Tage. Dazu noch fünf Blaue.

Mager winkte mit den Hundertern: »Was ist das?«

»Schmerzensgeld!«

Mager steckte die Blauen in seine Brieftasche, die großen Scheine steckte er in den Umschlag zurück.

»Und was jetzt?«

»Ich bringe dich nach Hause!«

»Aber wie gehen wir weiter vor?«

Obwohl sie mitten auf der Kreuzung mit der Sachsenstraße waren, riskierte Hugenberg einen Blick auf Magers Augen.

»Was gibt's da noch zu machen? Die Sache ist gelaufen. Es gibt keinen Erpreßten und offenbar keinen Erpresser mehr.«

»Moment mal!«

Mager beugte sich vor. Bei jeder anderen Gelegenheit hätten ihn die Häuser der Alten Kolonie interessiert, an denen sie gerade vorüberschwebten. Aber jetzt interessierte ihn Hugenbergs Gesicht.

»Ranke hat sich nicht selbst umgebracht. Außerdem hat jemand nach seinem Tod das Foto bei der Zeitung abgegeben. Und zum zweitenmal fünfzigtausend kassiert....«

»Das ist jetzt Sache der Polizei. Uns ging es nur darum, Stankowski zu schützen. Das konnten wir leider nicht. Alles, was jetzt kommt, geht uns nichts mehr an. «

»Arschgeigen!« fluchte Mager

»Du hast dein Geld bekommen. Ich weiß nicht, was du noch willst!«

»Euer Oberbürgermeister ist noch nicht ganz kalt, da geht ihr schon zur Tagesordnung über.«

»Es soll doch nicht deine Sorge sein«, fauchte Hugenberg zurück und bog in Richtung Castrop ab.

»Weißt du, was meine Sorge ist?« brüllte Mager. »Daß deine Bullen mich in ihren Akten als Mordverdächtigen führen. Und daß mich irgendein Arsch bei Ranke gelinkt hat. Und zwar gewaltig. Für mich ist die Sache nicht ausgestanden. Wenn ich Pech habe, kriegen sie mich wegen schweren Einbruchs dran!«

»Dir hat keiner gesagt, daß du da einsteigen sollst. Wenn du deinen Arsch so leichtsinnig hinhältst, ist das dein Bier.«

»Halt an!«

»Was?«

»Du sollst anhalten und mich rauslassen!«

»Uli, guck dich mal um. Wir sind noch vor Castrop-Rauxel. Bis Lütgendortmund kommst du heute nicht mehr zu Fuß!«

»Das geht dich einen Scheißdreck an! Anhalten!«

Auf der Brücke über den Rhein-Herne-Kanal tat ihm Hugenberg den Gefallen. Mager hievte seinen Körper aus dem Sitz und knallte die Tür zu. Ein paar Minuten lang sah er den Frachtschiffen zu, die unter ihm davonzogen, und nahm dann den Marsch zur B 235 auf. Er kannte da eine Kneipe, in der sie fürs Bier noch keine fünf Mark kassierten.

Gegen halb acht versammelten sich bei Blutwurstschnittchen und Aufgesetztem in Magers Küche drei Frauen, die bei allen Unterschieden in Aussehen, Alter und Temperament eine wesentliche Gemeinsamkeit besaßen: Keine von ihnen hätte auf Anhieb zu sagen gewußt, ob sie Mager lieber im Knast oder auf dem Jupiter gesehen hätte.

»Was ist nun mit Klaus?« fragte Susanne.

Mechthild zuckte die Achseln: »Keine Ahnung. Als ich das letzte Mal angerufen habe, hat mir dieser Lohkamp erzählt, er würde sofort entlassen.«

»Und wann war das?« fragte Karin.

Mechthild warf einen kurzen Blick zur Küchenuhr hoch: »Fast drei Stunden...«

»Ja, Mensch, dann ruf' doch noch mal an...«

Während Mechthild telefonierte, betrat Kalle Mager die Szene. Er kam gerade vom Fußballtraining und war hungrig wie drei Wölfe. Als er die Blutwurstschnittchen sah, wurde er jedoch blaß und lieh sich von Karin drei Mark. Bevor Mechthild eingreifen konnte, war er schon unterwegs zur nächsten Pommesbude. Seufzend zückte Magers Gattin das Haushaltsgeld und zahlte die Schulden ihres Sohnes.

»Wo ist er jetzt?« kam Susanne auf den Anlaß der Zusammenkunft zurück.

Mechthild zuckte mit der Schulter.

»Das konnte mir bei der Polizei niemand sagen.«

Karin Jacobmayer hatte zum ersten Mal ernsthafte Sorgen um das Wohlergehen ihres Vizechefs. »Hoffentlich ist er nicht in falsche Hände geraten«, seufzte sie.

Ihre Befürchtung war grundlos. Kurz vor neun wurde auf dem Hof gesungen. Mager stolperte die Stufen zum Anbau hoch. Sein Begleiter hatte alle Hände voll zu tun, damit er nicht mit dem Kopf gegen die Scheibe knallte. Der Mann sah nicht so aus, als stammte er aus Unna oder Soest.

Mager hielt sich mit beiden Händen am Türrahmen fest und musterte die Frauenrunde.

»Das sind meine Frauen,« lallte er, ohne das Entsetzen in den drei Augenpaaren zu bemerken. »Und dies ist mein Freund Özgür!«

Er wandte sich schwankend um.

»Komm 'rein, Özgür!« Mit der schweren Zunge bekam er den stimmhaften Vokal am Wortanfang und das reduzierte «Ü« am Ende blendend hin.

Ein schwarzhaariger Bursche mit gepflegtem Schnurrbart steckte seinen Kopf durch den Rahmen und sorgte bei den drei Frauen für den nächsten Schock: Es handelte sich um das schönste Exemplar von einem Türken, das zwischen Mittelmeer und Nordkap frei herumlief. Falls Omar Sharif jemals wirklich schön gewesen war – jetzt war er es nicht mehr.

»Guten Abend!«

Mager nahm ihn in den Arm.

»Özgür hat mich… nach Hause gebracht. Ein netter Typ. Arbeitet bei… Weissich nicht mehr. Er kommt aus…«

»Edremit. Das liegt nahe der Westküste. Kurz vor Troja, wenn Ihnen dieser Name etwas sagt.«

»Genau!« Mager schlug ihm auf die Schulter.

Der Bursche trat nach vorne. Er trug eine schwarze Lederjacke, eng sitzende Jeans und ein senffarbenes T-Shirt. An seinem rechten Handgelenk glänzte ein bescheidenes goldfarbenes Armband, mit dem man einen Ochsen hätte fällen können.

»Es ist mir sehr peinlich«, sagte er, »hier so hereinzuplatzen. Ich will Sie auch nicht stören...«

»Aber Sie stören nicht«, versicherten ihm zwei Frauen gleichzeitig. Verdutzt sahen sich Karin und Susanne an.

»Ihr Mann«, lächelte Özgür zu Mechthild hinüber, »ist leider etwas betrunken und sehr leichtsinnig. Ich habe das hier an mich genommen. bevor es unser Wirt bei den Einnahmen verbuchen konnte.«

Er legte Magers Portemonnaie und einen weißen Briefumschlag auf den Tisch. Alarmiert beugte sich Mechthild vor. In der Börse guckte sie erst gar nicht nach, sondern widmete sich gleich dem Couvert. Dann wurde sie blaß.

»Was soll das?« herrschte Mechthild ihren Mann an. »Wir machen uns Sorgen um dich, und du läßt dich vollaufen!«

Mager hielt besänftigend die Hände hoch.

»Ich bin... ein Opfer... der Klassenjustiz. Ich brauche... Schonung.«

Özgür verbeugte sich leicht: »Ich gehe jetzt besser!«

»Kriegen Sie noch Geld?« fragte Mechthild, ohne einen Blick von ihrem schwankenden Ehemann zu nehmen.

»Nein, nein, es ist alles okay!«

Karin Jacobmayer erhob sich und schaute den Türken an: »Ich begleite Sie noch bis zur Straße.«

Den anderen blieb die Spucke weg.

»Danke, Özgür«, lispelte Mager und ließ sich auf den freigewordenen Stuhl fallen. »Laß dich mal wieder sehen...«

Ehe Mechthild mit ihren Vorwürfen beginnen konnte, angelte er sich das Portemonnaie und fummelte den Führerschein heraus. Das Negativ unter seinem Paßfoto fand er ohne Probleme.

»Ssaut mal, wass ich habe…«

Susanne und Mechthild starrten auf den Tisch.

»Dassiss ein Foto von meiner Freundin Carmen…«

Zu zweit schleppten sie ihn die enge Treppe hinauf, aber den Rest überließ Susanne der rechtmäßigen Gattin. Noch bevor Mechthild dem Betrunkenen die Jeans ausgezogen hatte, stand Susanne in der Dunkelkammer und suchte die Plastikflasche mit dem Entwickler.

21.

Obwohl wir uns bei ECHO WEST stets bemühen, Sie locker auf das Wochenende einzustimmen, kann bei unserem nächsten Thema von locker keine Rede sein. Es geht noch einmal um ein Ereignis, das uns gestern sehr getroffen hat: um den Freitod des Oberbürgermeisters von Oberhausen, von Peter Stankowski. – Heinz Eckhoff, was gibt es Neues? Besteht inzwischen Klarheit über Stankowskis Motive?

»Ja, ich glaube, wir lagen gestern schon ganz richtig. Sie erinnern sich: Ein Boulevardblatt hatte Peter Stankowski in einem Atemzug mit Sexorgien genannt und das Ganze wie üblich mit einem passend-unpassenden Foto drapiert. Diesen Einbruch in sein Privatleben hat Peter Stankowski offenbar nicht ausgehalten, zumal für seine Stadt derzeit viel auf dem Spiel steht. So hat er sich wohl selbst geopfert, um nicht die ganze Stadt in den Strudel dieser Affaire zu ziehen.«

Wissen die Behörden, weiß die Polizei denn schon, wer das besagte Foto gemacht und an das Blatt geschickt hat?

»In Oberhausen läuft derzeit eine Pressekonferenz, und die Vertreter der Polizei haben sich bisher sehr zurückgehalten.

Es sieht ganz so aus, als gäbe es keine heiße Spur und keinen konkreten Verdacht.

Für Aufsehen sorgte in diesem Zusammenhang Bernd Hugenberg vom Landesvorstand der Partei. Er behauptet, Stankowski sei das Opfer einer politischen Intrige geworden. Man stehe im Vorwahlkampf, und die Opposition hätte ja schon vor Wochen angekündigt, daß sie mit allen Mitteln nach vorn wolle…«

Hat Hugenberg denn Beweise?

»Genau das ist der Knackpunkt. Hugenberg verwies lediglich darauf, das besagte Blatt habe schon immer enge Verbindungen zur Opposition besessen und für sie oft kostenlos Wahlkampf betrieben. Das ist dünn, ganz dünn, würde ich sagen, und die Opposition hat auch schon kräftig dagegengehalten. Das alles riecht auch mir zu sehr nach einer Schlammschlacht, und beide Seiten wären gut beraten, damit schleunigst wieder aufzuhören…«

Wie reagiert man in Oberhausen auf die Vorfälle? Immerhin war Stankowski nicht unbeliebt…

»Mit sehr gemischten Gefühlen. Die Ratsparteien wollen in einer Gedenkstunde Peter Stankowskis Einsatz für die Stadt würdigen, und alle haben die Veröffentlichung des Fotos sehr gerügt. Aber gleichzeitig geht die Angst um. Angst davor, daß die Luxemburger Banker, die hier ein Milliardenprojekt ankurbeln wollten, kalte Füße bekommen, den Vorvertrag kündigen und einen ruhigeren Standort suchen. Für Oberhausen wäre das sicher eine Katastrophe.«

Vielen Dank, Heinz Eckhoff. – Am Telefon begrüßen wir nun einen Interviewpartner zu diesem Thema, und das ist Hans Golowski, Kommunalpolitiker aus Bochum. – Herr Golowski, Bochum galt als Oberhausens härtester Konkurrent im Bemühen um die Ansiedlung des Trade & Recreation Centers…

»Lassen Sie mich zunächst sagen, wie sehr mich der Tod meines Freundes Peter Stankowski betrübt. Wir haben Jahrzehnte zusammengearbeitet, und ich bedaure es sehr, daß sein Tod jetzt noch Anlaß zu solchen Spekulationen gibt.«

Einverstanden, Herr Golowski, aber Tatsache ist: Es gibt schon Gerüchte, daß Bochums Chancen nun gestiegen seien.

»Die Herren in Luxemburg hatten sicher ihre Gründe, bislang den Standort Oberhausen zu favorisieren. Sollten sich aber diese Voraussetzungen geändert haben, wäre es nur verständlich, wenn sie einen anderen Partner suchten.«

Heißt das, Bochum ist wieder im Rennen?

»Entscheidend ist, daß das TRC-Projekt zwischen Ruhr und Lippe verwirklicht wird. Sollten die Luxemburger dabei auf Bochum zukommen, werden wir uns nicht sperren. Unsere Stadt ist für alle Zukunftsprojekte offen und bietet gerade einer Unternehmung wie dem TRC ideale Startbedingungen. Das wird den Entscheidungsträgern bei den Banken sicher erinnerlich sein.«

Vielen Dank, Herr Golowski. – Meine Damen und Herren, wir hätten Ihnen natürlich gerne eine Stellungnahme aus Luxemburg übermittelt. Dort aber wird noch hinter verschlossenen Türen beraten. Sobald eine Entscheidung gefallen ist, werden wir Sie davon unterrichten…

22.

Mager erwachte. In seinem Schädel rauschte die Brandung der Nordsee, und die Lider waren höchstens halb so schwer wie die Autofähre nach Ameland. Bis er die Augen geöffnet und Schärfe eingestellt hatte, verging mehr Zeit als zwischen Ebbe und Flut.

Die Poster über seinem Kopf verrieten ihm, daß er wieder zu Hause war. Doch die Erleichterung darüber verflog, als er versuchte, sich an den letzten Abend zu erinnern: Der Film bestand aus losen Schnipseln, die er so schnell nicht kleben konnte.

Auf der Bettkante wartete er ab, bis der erste Schwindelanfall vorüber war. Dann wagte er es. Nach einem Zwischenhalt am Türpfosten schaffte er die Treppe zur Küche, ohne daß der Notarzt kommen mußte. Als der Kaffee durchlief und die erste Zigarette brannte, meldete sich das Telefon.

»Hallo, Partner!« rief die Chefin. Ihre Stimme hallte in seinem Kopf wider wie Hammerschläge in einem Schiffswrack. »Du hast Besuch.«

»So früh?« beschwerte er sich.

»Es ist gleich zwölf!«

Mager warf einen Blick in den Hof, um diese ungeheuerliche Behauptung an den Schatten der Müllcontainer zu überprüfen. Aber die Sonne hatte sich hinter einem Grauschleier versteckt.

»Wer denn?« fiel ihm endlich die nächstliegende Frage ein.

»Lohkamp!« sagte Susanne und legte auf.

Eine knappe Viertelstunde später eilte Mager über den Hof. Äußerlich sah er fast wie neu aus, und von seinem Innenleben würde er diesem Menschen nichts verraten.

»Ich bin gerührt«, bekannte er, als er Susannes Büro betrat, »daß Sie den weiten Weg auf sich genommen haben, nur um sich für das kleine Versehen zu entschuldigen…«

»Irrtum«, erwiderte Lohkamp. Er hockte, eine Tasse Kaffee in Reichweite, entspannt auf dem Besucherstuhl und schien sich angenehm unterhalten zu haben.

»Vergessen Sie nicht, wo wir Sie vorletzte Nacht aufgegriffen haben«, fuhr er schlürfend fort. »Das wird noch die Kollegen vom Einbruch interessieren.«

»Kaum«, widersprach Susanne.

Lohkamp sah sie interessiert an.

»Das war höchstens Hausfriedensbruch.«

»So?«

»Ja. Kollege Mager hatte mit Ranke einen Termin. Und

als Ranke sich über Stunden nicht meldete, obwohl sein Fenster weit aufstand – Herr Mager hat sich Sorgen gemacht…«

Lohkamp blickte sie überrascht an. Er schien zu überlegen, ob ihm diese Version gefallen konnte. Mager fand sie auf Anhieb bestechend.

»Sie meinen«, sagte der Hauptkommissar schließlich, »Herr Mager wollte dem Vorwurf entgehen, eine eventuell nötige Hilfeleistung unterlassen und sich deshalb strafbar gemacht zu haben?«

Susanne lächelte: »So ähnlich wird es unser Anwalt wohl formulieren…«

Lohkamps Augen studierten das kleine Muttermal auf Susannes Schläfe.

»Herr Mager wird einen frommen Richter brauchen«, meinte er dann.

»Falsch«, sagte Susanne. »Er braucht einen frommen Ermittler. Wenn der vom Wahrheitsgehalt unserer Aussagen überzeugt ist, ist alles in Butter.«

»Wie das?« fragte Lohkamp interessiert.

»Ganz einfach«, sagte Susanne. »Hausfriedensbruch wird nur auf Antrag verfolgt. Antragsteller kann nur der Wohnungsinhaber sein – Ranke. Aber Ranke stellt keine Anträge mehr…«

Der Polizist war beeindruckt. Er starrte die PEGASUS-Chefin an. Aber ihre Maske war nicht schlechter als seine.

Mager hatte sich auf Saales Platz gequetscht und rührte stumm in seiner Tasse. Wenn Lohkamp den Schwachsinn glauben wollte, den Susanne ihm da erzählte, dann lief zwischen den beiden gerade ein Deal an. Und solange er nicht wußte, was PEGASUS dabei tun mußte, hütete er sich, die Verhandlungen zu stören.

»Ich wollte Ihnen einen Vorschlag machen«, bekannte Lohkamp endlich, gleichermaßen an die Chefin und Mager gewandt.

»Vorschläge sind immer gut«, sagte Susanne.

Lohkamp räusperte sich.

»Wenn ich mit einer Beichte beginnen darf: Wir haben schon eine Stunde nach Ihrer Festnahme gewußt, daß Ranke nicht mehr frisch war«, sagte er, Mager voll anblickend. »Aber Sie haben uns die Arbeit ja nicht erleichtert. Ohne die Unterlagen aus Ihrem Schreibtisch wüßte ich wohl jetzt noch nicht, daß es eine Verbindung zwischen den Fällen Ranke und Stankowski gibt…«

Suchend tastete er die Taschen seiner Jacke ab. Mager schob ihm seine eigene Schachtel hinüber.

»Danke. – Irgendwer hat sich viel Müühe gegeben, Sie in die Scheiße zu reiten. Der anonyme Anruf im Präsidium – wer wußte so genau, wann Sie dort einsteigen?«

»Ein Nachbar«, vermutete Susanne.

Lohkamp schüttelte den Kopf: »Wir haben versucht, den Anrufer zu finden. So viel Auswahl gibt es in dieser Sackgasse nicht. Aber es war niemand, der dort wohnt…«

Mager zuckte die Achseln. So weit waren sie schon vor achtzehn Stunden gewesen.

»Dann war da noch der Fotograf. Wie kam er da hin? Wieso war er schnell genug, um Ihr Bild noch in die Zeitung zu bekommen? Wozu macht sich einer diese Mühe, wenn er nicht von sich selbst ablenken will?«

»Fragen Sie ihn doch«, schlug Susanne vor.

»Haben wir schon. Er sagt, er hätte einen Anruf aus der Redaktion bekommen. Von wem, wußte er nicht mehr. Und in der Redaktion wußte keiner mehr von dem Anruf. Soll ich jetzt alle in Beugehaft nehmen?«

»Au ja!« grinste Mager. »Das Ruhrgebiet von der Bildzeitung zu befreien – davon träume ich seit Ostern achtundsechzig!«

»Klaus!« fuhr Susanne dazwischen.

»Der Fall ist sowieso schon Knochenarbeit. Aber seit heute morgen sieht es noch schlechter aus. Die Sache Stankowski wird jetzt vom Landeskriminalamt bearbeitet. Und das LKA hat bereits herausgefunden, daß es zwischen Stankowski und Ranke keine Verbindung gab. Rankes Mörder, meint Düsseldorf, müsse man wohl eher in der Drogenszene von Recklinghausen suchen.«

»Das heißt?«

»Ich verwette meinen Rentenanspruch – wenn ich dieser Empfehlung folge, wird das eine jener Akten, die wir alle paar Jahre einem neunmalklugen Anfänger auf den Schreibtisch legen. Damit er sich in Demut übt…«

Mager goß Kaffee nach.

»Worin besteht nun der Deal?«

Der Hauptkommissar hob beide Hände: »Davon war keine Rede. Ich habe nur was von einem Vorschlag gesagt. Und das auch nur hier, unter uns Pfarrerstöchtern sozusagen…«

Ein paar Sekunden lang schwiegen die drei sich an.

»Ich will den Mörder nämlich trotzdem. Und dazu brauche ich ein paar Informationen, an die ich offiziell nicht mehr herankomme. Weil ich bestimmte Fragen nicht mehr stellen darf.«

»Hören Sie!« fuhr Mager hoch. »Ich mache Ihnen doch nicht den V-Mann. So weit kommts noch! Nie und…«

Etwas in Susannes Augen warnte ihn, und er verstummte. Lohkamp tat, als hätte der Sommerwind an den Fensterläden gerüttelt.

»Sie wollen doch sicher herausbekommen, wem Sie die Nacht in der Zelle verdanken«, lockte er.

Mager nickte.

»Und Sie gehen doch auch nicht davon aus, daß Ranke Opfer eines Erbschaftsstreits geworden ist…«

»Logo.«

»Sehen Sie. Da liegt die Sache doch ganz auf Ihrer Lieblingsstrecke…«

Susanne wechselte mit Mager einen stummen Blick.

»Und was sollen wir tun?« fragte sie dann.

Lohkamp sagte es ihr.

Erstaunt musterten sich die PEGASUS-Leute. Susanne zog kurz die Braue hoch, und Mager mußte ein Lächeln niederkämpfen. Die Sache gefiel ihnen.

»Das ist aber eine Menge Arbeit«, pokerte Susanne. »Wir laufen uns eine Woche die Hacken ab und wissen nicht, was dabei herauskommt. Auch Journalisten müssen essen und Miete zahlen.«

Der Polizist grinste: »Kommen Sie! Sie erzählen einfach überall herum, daß Sie einen Film über die Sache drehen. Ich schenke Ihnen sogar eine Idee für den Titel: 'Das Ruhrgebiet – Ein totes Stück Deutschland.' Wenn Sie den verkaufen, haben Sie zumindest Ihre Unkosten gedeckt.«

»Das schon«, meinte Mager. »Aber damit wir ihn überhaupt verkaufen können, müssen wir den Zuschauern auch was fürs Auge bieten…«

»Zum Beispiel?«

»Rankes Wohnung…«, forderte Susanne.

Lohkamp schüttelte bedenklich den Kopf.

»Seine Leiche!« ergänzte Mager.

Der Polizist hob entsetzt beide Hände.

23.

»Mein Terminkalender ist randvoll!« maulte Roggenkemper und stellte seinen Aktenkoffer ab. »Ich verliere mindestens drei Stunden!«

Golowski ignorierte ihn und wandte sich an Pennekamp, seinen Oberbürgermeister: »Wahrscheinlich will er irgendwelchen Wüstensöhnen seinen Minensucher verscherbeln.«

Roggenkemper knurrte und schenkte Golowski jenen Blick, der eigentlich den Grünen im Dattelner Rat gehörte. Auf das ausrangierte Boot am Kanalufer war er mindestens so stolz wie die Bochumer auf ihren Golfplatz.

Widerwillig nahm er Platz. Der Persönliche Referent des

Ministerpräsidenten hatte zum »Rat der Weisen« gebeten, und es gab Wünsche, die man nicht ablehnen durfte. Ansonsten besaß das schmale Haus am Südrand der Düsseldorfer Altstadt in der Partei eine eher untergeordnete Bedeutung. Politik wurde nämlich im Landtag oder in den mächtigen Bezirken gemacht; der Landesvorstand war vor allem dazu da, Wahlkämpfe zu leiten und die Pannen auszubügeln, die aus den Rivalitäten der Bezirksverbände resultierten. So gehörte es zum Ritual, daß die regionalen Fürsten das schmale Haus nur mit einem leicht geringschätzigen Lächeln zu betreten pflegten...

Während Roggenkemper in seinem Terminkalender herumstrich, redete Domagalla auf Hugenberg ein. Er wollte schon jetzt eine feste Zusage, daß sich der Ministerpräsident in diesem Wahlkampf auch in Hattingen sehen ließ...

Die Tür öffnete sich.

Jürgen Wiemann, der Persönliche, trat ein. Ihm folgte Kurt Lehnert, ein gut aussehender und stets korrekt gekleideter Vierziger. Als Fraktionsvorsitzender hatte er sich in Oberhausen bislang mit der Rolle des Kronprinzen begnügt. Jetzt sollte er wohl das Loch stopfen, das Stankowski hinterlassen hatte.

Wiemann wartete, bis sich alle an dem ovalen Mahagonitisch niedergelassen und mit Kaffee und Säften versorgt hatten.

»Der Chef läßt sich entschuldigen«, begann er und deutete mit den Augen nach oben, wo der Ministerpräsident sein Büro als Landesvorsitzender unterhielt. »Er mußte dringend nach Bonn.«

Er blickte Hugenberg an: »Bernd, bitte!«

Der Organisationsexperte schlug seine Notizen auf und informierte zunächst über den Stand der eigenen und der polizeilichen Ermittlungen. Viel Neues gab es nicht, und Roggenkempers Miene verdüsterte sich weiter. Offenbar ärgerte er sich, wegen dieser Banalitäten hergekommen zu sein.

Wiemann ergriff das Wort: »Danke, Bernd. Du hast das Unmögliche versucht, und dafür läßt der Chef dir danken. Daß du keinen Erfolg hattest, kann dir niemand vorwerfen. Und daß die Opposition sich auf den Fall gestürzt hat – wir hätten solch eine Munition wohl auch nicht verschenkt...«

Unruhe kam auf, und Wiemann hob die Stimme: »Aber der Chef hat mich auch gebeten, euch allen in bester Freundschaft ein paar Takte zu sagen...«

Die Runde schaute ihn an: Jetzt mußte kommen, weswegen man sie wirklich nach Düsseldorf beordert hatte.

»Der Ministerpräsident war unseres Wissens der letzte, mit dem Peter vor seinem Tode noch gesprochen hat...«

Hugenberg hütete sich, diese Zählweise zu korrigieren.

»Im Nachhinein gibt es für Peters Tat nur eine Erklärung: Er hat sich geopfert, um die Partei aus allem herauszuhalten. Das ist, sagte der Chef, eine Haltung, die eines aufrechten Menschen würdig ist und Respekt verlangt...«

Er sah einen Augenblick hoch und ließ seine Augen über die Versammelten gleiten.

»Um so mehr«, fuhr er fort, »mißbilligt, ja verurteilt der Chef die unverschämte Leichenfledderei, die einige von euch jetzt betreiben...«

In die Masken am Tisch kam Bewegung. Domagalla meldete sich als erster: »Das ist eine ungeheure Unterstellung...«

Wiemann brachte ihn mit einer knappen Handbewegung zum Schweigen. Daß Domagalla alt genug war, um sein Vater zu sein, spielte dabei keine Rolle.

»Bitte, Kurt!«

Stankowskis Nachfolger räusperte sich.

»Ich hatte gestern abend in Luxemburg ein Gespräch mit Herrn Croissant, dem Projektmanager des TRC. Es ging um einen festen Termin für die Vertragsunterzeichnung, aber er hatte auch ein paar Fragen zu den Umständen, unter denen

Peter zu Tode gekommen ist. Ich habe völlig offen geantwortet. Und plötzlich sagte er…«

Er blätterte in einer Ledermappe und zog einen Zettel hervor: »Ich zitiere mal, was ich mir danach aus dem Gedächtnis notiert habe: *Lieber Herr Lehnert, offenbar gibt es Leute in Nordrhein-Westfalen, die glauben, daß Oberhausen nach dem Tod Stankowskis nicht mehr dieselbe Stadt ist wie vor einer Woche…* Ihr könnt euch vorstellen, daß ich ziemlich verdutzt war. Und dann sagte mir Croissant, daß er bereits Konkurrenzangebote erhalten habe, die sich auf die neue Lage beziehen…«

»Weißt du, von wem?« fuhr Domagalla dazwischen.

Lehnert nickte.

»Das kann ich erklären!« sagte eine verbindliche Stimme.

Alle Gesichter wandten sich Golowski zu. Die hohe, glatte Stirn des Bochumer Fraktionsvorsitzenden hatte sich leicht gerötet.

»Unser Hauptausschuß hat Sonntag außer der Reihe getagt und den Luxemburgern geschrieben, daß wir im Falle eines Falles unsere Bewerbung aufrecht erhalten. Nichts mehr. Das muß der Mann falsch verstanden haben…«

Lehnert nickte ihm zu: »Danke für deine Ehrlichkeit, Hans! Aber von diesem Brief hat er nichts gesagt. Der konnte ja auch noch gar nicht da sein…«

Er ließ seine Stimme einen Herzschlag lang hängen, aber niemand meldete sich.

»Croissant«, fuhr er schließlich fort, »hat von einem Telegramm aus Datteln gesprochen!«

Roggenkemper reagierte so gleichgültig, als hätte Lehnert nicht von seiner Heimatstadt, sondern von den gleichnamigen Früchten gesprochen. Als aber niemand das Schweigen brach, zuckte er mit den Schultern: »Auch wir haben einen Hauptausschuß, der lesen und schreiben kann.«

Wiemann schlug mit der Faust auf den Tisch: »Verflucht! Peter ist noch nicht unter der Erde. Und ihr prügelt euch schon um seinen Nachlaß!«

»Nun mach mal halblang!« entgegnete Roggenkemper nicht ohne Schärfe. »Das hat gar nichts mit Peters Tod zu tun. Uns allen hängen Ausschüsse, Gewerkschaften und Wirtschaftsverbände im Nacken. Die Presse registriert, was wir tun und was wir unterlassen. Unsere Kassen sind leer, und die Leute haben keine Arbeit. Ich lasse mir doch nicht Untätigkeit vorwerfen. Hinterher geht das Projekt nach Sachsen, bloß weil wir uns aus falsch verstandener Pietät nicht mehr darum gekümmert haben…«

Ehe Wiemann etwas erwidern konnte, ergriff Golowski das Wort: »Ich muß Gerd recht geben. Ich gönne Oberhausen das TRC. Aber solange der Vertrag nicht unterschrieben ist, muß ich davon ausgehen, daß sich alles noch ändern kann.«

Selbst Domagalla nickte jetzt. Es war, als ob jemand eine Wand zwischen ihnen errichtet hätte. Wiemann brach die Sitzung ab.

»Lehnert soll sich nicht so aufspielen«, sagte Domagalla, als er neben Roggenkemper darauf wartete, die Straße überqueren zu können. »Ist doch völlig normal, wie ihr reagiert habt. Mein Hauptausschuß ist nur zu träge…«

»Lehnert hat eben Profilneurosen«, grinste Roggenkemper, als sie die andere Straßenseite erreicht hatten und zum alten Landtag eilten, wo ihre Fahrer mit den Wagen warteten. Der Himmel war noch immer bedeckt, und sie fröstelten.

Als der Igelkopf in seinen Mercedes steigen wollte, berührte Domagalla plötzlich seinen Arm. »Da ist noch was, Gerd…«

Sie gingen ein paar Schritte weiter. Domagalla blickte sich nach allen Seiten um und flüsterte: »Wußtest du, daß Lehnerts Verhältnis zu Peter gar nicht so gut war, wie er immer tat?«

Roggenkemper löste überrascht seinen Blick von den

Schwänen, die unten auf dem Teich ihre Bahnen zogen: »Ich dachte, die wären unzertrennlich gewesen!«

»Denkste! Peter hat mir neulich noch im Scherz gesagt: Wenn ich mal erschlagen werde, dann war es Lehnert, der endlich aus meinem Schatten treten will.«

Roggenkemper musterte den Hattinger. Obwohl er einen halben Kopf kleiner war, sah es eher so aus, als schaute er auf den anderen hinab.

»Was willst du damit sagen?«

»Mensch, Gerd – seit wann muß man dir erklären, wieviel zwei plus zwei sind?«

24.

Gegen elf riß die dichte Wolkendecke plötzlich auf, und als sich das PEGASUS-Team etwas später in Hattingen an »Birschels Mühle« einfand, warf der alte Sandsteinklotz schon wieder schwarze Schatten in die Ruhr.

Die Stunde davor hatten sie im Café Förster verbracht. Mager gönnte sich ein zweites Frühstück, Saale beobachtete die Frühschicht der Sahnetörtchenbrigade, und Susanne bekam von einem Ratsvertreter der Grünen Informationen über das Innenleben der sterbenden Stahlstadt. Jetzt hatten alle drei Lust auf eine Pause und starrten auf den weltberühmten Fluß.

Das Wasser rauschte, einen mehrere hundert Meter breiten Silbervorhang in die Landschaft sprühend, dicht vor ihnen von einem Steinwall herab. Dahinter staute sich ein See, der groß genug war, daß sich Ruderer und Schwäne nicht gegenseitig die Vorfahrt nahmen. Als Kontrastkulissen standen im Hintergrund die Hochöfen der Henrichshütte und ein paar bewaldete Berge herum.

»Trotzdem nur ein Pißbach«, sagte Saale plötzlich und wies verächtlich nach links, wo sich die Fluten wieder in einem engen Bett sammelten. Richtige Flüsse waren bei ihm mindestens so breit wie die Elbe bei Blankenese.

»Selber Pißbach«, fuhr Mager hoch. »Das Wasser hier kannste fast trinken! Aber eure Brühe? Damit laden die Amis doch die Giftspritzen für ihre Schwerverbrecher!«

Im Innersten getroffen, verzog der Lange das Gesicht. Mager grinste zufrieden und zeigte, versöhnlicher gestimmt, zu der Mühle hinüber: »Früher kam die Ruhr da hinten 'raus. Aber in den Sechzigern haben die Idioten das Flußbett verlegt, damit die Hütte ausgebaut werden konnte…«

»Und was haben sie jetzt davon?«

Die Antwort konnte sich Mager schenken. Der Himmel über der Hütte war ohne Rauch.

»Schön, nicht?« sagte eine dunkle, souveräne Frauenstimme.

Die PEGASUS-Leute drehten sich um. Vor ihnen stand eine schlanke Blondine, die selbst den langen Saale um einen halben Kopf überragte. Sie mochte in Magers Alter sein, besaß aber eindeutig den besseren Rostschutz. Der wehende Rock und die Seidenbluse paßten schon zum Wetterumschwung, und die geflochtenen Sommerschühchen stammten mindestens aus Rom. Allein mit dem Gegenwert der Zierschnallen hätte Mager in der Lada-Werkstatt eine große Inspektion bezahlen können.

»Tag, Frau Schwarzhof«, sagte er und stellte sich und den Rest des Teams vor. Dann übernahm die PEGASUS-Chefin wieder das Kommando: »Schön, daß Sie Zeit für uns haben…«

Die Schwarzhof lächelte zurück: »Wo machen wir's? Hier?«

Saale und Mager wechselten einen schnellen Blick. Sie verstanden sich auch ohne Worte.

Susanne schaute sich um. Die Kehrseite der Flußidylle war eine unästhetische, marode Brücke, auf der gerade die Straßenbahn nach Bochum vorbeischrillte. Sie übertönte das Rauschen am Wehr um mehrere Dutzend Dezibel.

»Vielleicht besser dahinten«, sagte Susanne und deutete auf das tote Ende des alten Flußbetts. Die Ratsfrau nickte.

An der Südseite der Mühle führte ein schmaler Weg zu einem breiten Uferstreifen zurück, an dem sich sonntags die Sonnenhungrigen ausbreiteten. Jetzt hockten dort nur ein paar Angler, und es war absolut still.

»Fertig«, sagte Mager und stellte die Frauen am Ufer auf. Von der Mühle war im gewählten Bildausschnitt nichts zu sehen, und das lange Wehr bildete einen schönen Hintergrund.

»Wenn Sie möchten, können wir vorher noch einmal...«

Mit einer knappen Kopfbewegung fegte die Maklerin ein paar Strähnchen aus dem Gesicht: »Ach, was – fragen Sie nur! Wir werden das Ding schon schaukeln...«

Saale ließ die beiden noch ein paar Belanglosigkeiten ins Mikro sprechen, dann stimmte der Ton. Er nickte Susanne zu.

Die ersten drei Fragen und Antworten rauschten an Mager vorbei, ohne daß er sie groß registrierte. TRC-Werbung hatten sie schon zur Genüge gehört, aber Susanne wollte die Frau offenbar erst in Form bringen, bevor sie zum Hauptthema kamen.

»Frau Schwarzhof«, fragte die Chefin nun, »glaubt man den Gerüchten, dann sind die Chancen der Opposition nach dem Selbstmord von Peter Stankowski wieder gestiegen?«

»Sie meinen sicher die Verdächtigungen, die Herr Hugenberg in die Debatte geworfen hat«, sagte die Schwarzhof. Ein unsichtbarer Vorhang bedeckte ihr Lächeln.

»Ich weiß nicht, was sich Herr Hugenberg bei dieser Attacke gedacht hat. Aber seine Unterstellungen sind völlig aus der Luft gegriffen und zeugen von einer schlechten politischen Kinderstube...«

Mager dachte an die gemeinsamen wilden Jahre und war froh, sein Grinsen hinter der Kamera verstecken zu können.

»Wer wie wir zur Marktwirtschaft steht«, verriet die Frau, »beugt sich auch ihren Gesetzen. Und die gelten, in übertragenem Sinne, auch bei den Wahlen. Konkret gesagt: Wir wollen regieren, aber wir akzeptieren es auch, wenn wir einmal unterliegen sollten. Was mit Peter Stankowski, den ich sehr verehrt habe, geschehen ist, halte ich für empörend. Ich lege meine Hand dafür ins Feuer, daß meine Partei mit dem Skandalfoto und seiner Veröffentlichung nicht das Geringste zu tun hat. Sollte sich aber das Gegenteil erweisen, träte ich auf der Stelle aus. Doch das«, sagte sie und lächelte wieder, »das wird nicht nötig sein.«

Ein schöneres Schlußwort hatten Mager und Saale selten eingefangen. Susanne nickte ihrer Interviewpartnerin freundlich zu, und die beiden schalteten Kamera und Aufnahmerecorder ab.

»Wie ist das – wissen Sie schon, wo sie zu Mittag essen?«

Die PEGASUS-Leute sahen sich an.

»Kommen Sie – ich lade Sie zu einem Glas Weißen ein…«

Die Schwarzhof wartete geduldig, bis Mager und Saale eingepackt hatten. Wenn sie den Lada für ein schlechteres Auto hielt als ihren Porsche, so verriet sie es mit keiner Miene.

In der »Alten Krone« taute sie regelrecht auf. Eingehend erkundigte sie sich nach der Arbeit des Teams und erzählte Dönekes aus der Geschichte ihrer Stadt. Als Mager mittendrin ganz unvermutet die alte Forderung einfiel, alle Makler zu enteignen, war er richtig erschrocken. In ihr Büro hätte er jemand anders vorgeschickt.

Die Stimmung sank um ein paar Grade, als Susanne das Foto mit der schönen Carmen auf den Tisch zauberte. Aufmerksam und ohne falsche Scham sah die Dame hin.

»Die Bildzeitung hatte aber ein anderes Foto«, sagte sie.

Susanne nickte. »Kennen Sie die Frau?«

»Keine Ahnung«, sagte die Schwarzhof. »Ich habe sie natürlich auf Stankowskis Empfang in Gelsenkirchen gesehen. Und neue Gesichter fallen mir sofort auf…«

Sie trank einen Schluck und meinte dann: »Eine interessante Frau. Sie bewegte sich so, als ob sie dazu gehörte. Sehr sicher, sehr gewandt. Wenn Sie sie finden wollen, brauchen Sie gar nicht erst die Damen anzurufen, die im *Stadtspiegel* annoncieren. Die hier hat Klasse.«

»Was meinen Sie, wer dahintersteckt?«

»Wer sie Stankowski auf die Couch gelegt hat?« präzisierte sie und lachte. »Keinen blassen Schimmer. Also – wir waren es nicht. Und die sogenannten Väter dieser Stadt…«

Der Piepser in ihrem Handtäschchen fuhr dazwischen. Sie stellte das Ding ab und schritt unverzüglich, aber ohne Hast zum Tresen, wo sie sich das Telefon geben ließ. Mit dem Ausdruck des tiefsten Bedauerns kehrte sie zurück.

»Geschäfte«, sagte sie. »Ich habe heute noch nichts verdient… Was ich vorhin sagen wollte. Hier in Hattingen sind keine Hintermänner zu finden. Für Intrigen sind die hier viel zu schlicht gestrickt.«

»Und jetzt?« fragte Susanne und starrte auf das Foto. »Sie hat es nicht einmal angefaßt.«

Die anderen blickten sie an.

»Ach so«, sagte Saale. »Nichts einfacher als das.«

Er stand auf, lief zum Tresen hinunter und verschwand in der Küche. Was er dort wollte, wurde erst klar, als er mit einem unbenutzten Gefrierbeutel zurückkehrte. Er stülpte ihn über das Weinglas wie einen Kaffeewärmer über die Kanne.

»Donnerwetter«, sagte Mager. Doch der Oberkellner des Ladens war anderer Meinung. Diskret beugte er sich zu Saale hinab: »Ich muß doch sehr bitten, mein Herr!«

Susanne schenkte dem Mann ihr bezauberndstes Lächeln: »Setzen Sie es auf die Rechnung! Einverstanden?«

25.

Die Färbung des Himmels war dem Anlaß angemessen. Sorgenvoll wandte Roggenkemper seinen Blick von dem grauen Wolkenbrei ab und musterte die Trauergemeinde, die den kleinen Friedhof am Nordostrand von Sterkrade überschwemmte. Ein kräftiger Schauer würde große Lücken in die Reihen reißen.

Daß Stankowski in der 1929 zwangsweise eingemeindeten Vorstadt beerdigt wurde, hatte seine Witwe entschieden. Der Platz, an dem er ruhen würde, besaß zudem symbolische Bedeutung: Wenn man sich auf die steinerne Umfriedung des Nachbargrabes stellte, konnte man durch die nächste Seitenstraße ein paar Dächer des Ortes erkennen, in dem die Karriere des Oberbürgermeisters begonnen hatte. Weit hinten lag der Pütt, auf dem er eingefahren war, davor der Kern der Ortschaft, dessen älteste Bewohner nie gelernt hatten, sich als Oberhausener zu fühlen.

Symbolisch war aber auch die weite Brache zwischen dem Stadtkern und der Siedlung, die an diesen Friedhof grenzte: Dort hatte einst die Eisenhütte gestanden, die Sterkrade mit ihrem Dreck überschüttet, aber vielen auch Arbeit und Brot gegeben hatte…

Roggenkemper wandte sich wieder dem aktuellen Trauerspiel zu. Von den fast fünfhundert Anwesenden gehörten knapp zwei Dutzend zur Familie, und eine halbe Hundertschaft kannte er aus der Partei. Die anderen nutzten, wie ihre Gesichter verrieten, den Friedhof als Kino-Ersatz. Besonders scharf war man offenbar darauf zu sehen, wie sich die Witwe hielt.

Als der Pfarrer seine Pflicht getan hatte, drückte er Marlies

Stankowski die Hand. Sie trug einen dieser breiten Hüte mit den dichten Schleiern, die nichts verrieten. Dann trat Kurt Lehnert ans Grab.

»Liebe Marlies, liebe Familienangehörige, liebe Parteifreunde, liebe Oberhausener! Zwölf Jahre habe ich mit Peter Stankowski zusammengearbeitet. In der Partei, in der Fraktion, im Stadtrat. Wenn wir Berufspolitiker von Zusammenarbeit reden, dann meinen wir mehr als das Nebeneinander am Schreibtisch. Wir leben zusammen, leiden zusammen, freuen uns zusammen, kämpfen zusammen. Dieses Aufeinanderangewiesensein bestimmte auch mein Verhältnis zu dem Verstorbenen. Und ich füge hinzu: Ich habe viel von ihm gelernt. Von seinem Umgang mit Menschen, seiner Bescheidenheit, seinem Mut, seiner Opferbereitschaft, seiner Liebe zu den Menschen in Oberhausen und dem gesamten Revier...«

Roggenkemper kannte die Klischees aus seinen Rhetorik-Lehrbüchern. Lehnert mußte dieselbe Sammlung im Schrank haben.

Gelangweilt ließ er seine Augen wandern. Von Duisburg bis Dortmund war das ganze Ruhrgebiet vertreten. Auch die Konkurrenten um das TRC-Projekt waren da. Ganz vorn stand der lange Golowski neben dem ergrauten Pennekamp, der sich ohne die Erlaubnis seines Fraktionsvorsitzenden nicht mal aufs Klo traute. Domagalla sonnte sich in dem Abglanz, der von der Schwarzhoff auf ihn fiel. Dicht bei der Witwe stand dieser Hugenberg, und neben ihm übte sich Wiemann darin, den Landesvater zu vertreten. Und um sie alle kreiste ein gutes Dutzend Journalisten wie ein Wolfsrudel um eine Herde Schafe.

Endlich war Lehnert fertig, und die erste Schaufel Erde polterte auf den Sarg. Vor dem Grab formierte sich eine Schlange. Roggenkemper reihte sich hinter Hugenberg ein und wartete geduldig auf seinen Einsatz. Andächtig verharrte er vor der Grube, senkte den Kopf und zählte still bis zwanzig. Dann trat er die vier oder fünf Schritte auf Stankowskis Witwe zu.

»Meine liebe Marlies!« sagte er mit feierlicher Stimme und nahm ihre Rechte sanft zwischen beide Hände.

»Es widerstrebt mir, dir mit irgendwelchen Floskeln zu kommen... Ich weiß, du bist stark. Stärker vielleicht, als es Peter je war... Ich habe ihn gemocht, und wenn wir uns bisweilen gestritten haben, dann war's... der Sache wegen. Wir werden ihn vermissen... Und wenn ich dir helfen kann... Ich bin immer für dich da...«

Bei den letzten Worten schien eine übermächtige Kraft an seinem Hals zu würgen. Er senkte das Haupt.

Stumm erwiderte sie den Druck seiner Hand. Der Wind wehte den Schleier beiseite, und er konnte sehen, wie sich ihre Augen mit Tränen füllten. Das Make up auf den Wangen aber war noch unversehrt.

Er wandte sich ab und ging gemessenen Schrittes zu Hugenberg hinüber. Der Organisationsexperte betreute Pennekamp, solange Golowski bei der Witwe stand und ihr dasselbe erzählte, was sie bereits von Roggenkemper gehört hatte.

»Tach zusammen!«

Pennekamp nickte seinem Kleinstadtkollegen zu: »Glück auf, Gerd!«

»Machst du wieder auf Kumpel?« frozzelte Roggenkemper. »Du warst doch nie unter Tage...«

Er wandte sich an Hugenberg: »Bei Beerdigungen kriegt Felix immer den Nostalgischen. Und beim Fußball. Aber so, wie diese Mannschaft spielt, ist das die gleiche Soße.«

»Immerhin kann ich dich seit Saisonbeginn fragen, welche meiner beiden Mannschaften du meinst.«

Roggenkemper lächelte spöttisch: »Du glaubst doch nicht, daß die Wattenscheider sich jemals als Bochumer Mannschaft betrachten. Eher machen die Basken eine Pilgerfahrt nach Madrid.«

So ganz schien Pennekamp nicht zu verstehen, was Roggenkemper meinte; jedenfalls zog er es vor, sich an die Seite Wiemanns zu retten. Der Persönliche war zumindest mal ein Bochumer Junge gewesen...

Roggenkemper sah ihm nach und flüsterte Hugenberg zu: »Ist in unserem Bedarfslücken-Etat nicht noch Geld für einen gescheiten Anzug?«

Das Flüstern war zu laut für den Mann, der sich hinter ihn geschoben hatte.

»Na, Kanalvogt. Wieder am Lästern?« griente Golowski den Dattelner Bürgermeister an. »Du bist und bleibst das größte Schandmaul im Revier!«

»Tja, lieber ein ehrliches Wort im Mund als den Dolch im Gewand.«

Der Bochumer musterte seinen Parteifreund: »Wie soll ich das denn verstehen?«

»Wie immer du willst!«

Mit hochgezogenen Brauen wandte sich Golowski an Hugenberg: »Kannst du das übersetzen?«

»Der Herr redet nicht meine Sprache«, meinte der Organisationsexperte und verzog sich. Roggenkemper wollte ihm folgen, aber Golowski hielt ihn am Ärmel fest.

»Gerd. Ich muß kurz mit dir reden.«

»Ich gucke erst in meinen Terminplan.«

»Quatsch! Es geht schnell...«

Er zog ihn ein Stück zur Seite: »Domagalla pokert auch um das TRC.«

Roggenkemper wurde wach.

»Ich wußte, daß dich das interessiert«, lachte Golowski und senkte wieder die Stimme. »Die Hattinger haben diesen Croissant geschmiert. Eine Wohnung für sein Töchterlein in Blankenstein. Wunderbare Wohnlage mit Blick auf Burg und Ruhr. Die Wohnung hat einmal dreihundertvierzigtausend gekostet. Das Töchterlein hat genau ein Prozent bezahlt...«

»Und den Rest?«

»Frag doch mal Domagalla oder die Schwarzhof!«

Roggenkemper sah den Bochumer scharf an: »Komm, hör auf. Was will die Tochter von dem Luxemburger denn hier?«

»Keine Ahnung. Aber vergiß nicht, daß Bochum eine ausgezeichnete Universität hat. Ein paar Studiengänge bekommst du nur bei uns.«

Roggenkemper, dessen Augen wachsam schweiften, grüßte zu ein paar Leuten aus dem Bezirksvorstand hinüber und zog Golowski noch ein Stück weiter weg.

»Ist die Sache wasserdicht?«

»Die Wohnung hat der Architekt König an Croissant verhökert. König ist Ratsmitglied. Sein Schwiegervater ist der Bauunternehmer Pratt. Zufällig hat er kürzlich drei Aufträge von der Stadt bekommen. Obwohl seine Kostenvoranschläge höher als die der Konkurrenz waren.«

Roggenkemper musterte Golowski mit anerkennendem Blick.

»Deine Bochumer Baumafia hat dich ja gut informiert!«

»Sag nicht solche bösen Worte!«

Die beiden hatten den Dattelner Dienstmercedes erreicht.

»Eine Frage habe ich noch«, sagte Roggenkemper und hielt Golowski die Finger hin, als sollte der seinen Siegelring küssen. »Warum erzählst du das alles ausgerechnet mir?«

Der Bochumer ergriff die Hand und drückte sie.

»Warum schon? Ich bin für partnerschaftliche Zusammenarbeit. Und vielleicht habe ich dann was gut bei dir?«

Roggenkemper grinste.

»Vielleicht!«

26.

Die Uhr zeigte auf die Zehn, als Klaus-Ulrich Mager die »taz« zusammenfaltete. Mit einer müden, aber nicht uneleganten Bewegung beförderte er sie auf den Stapel in der Ecke, auf dem bereits die »Rundschau« und die »Allgemeine« ruhten. Es war ein Donnerstag, und eigentlich war jetzt der »stern« an der Reihe. Aber angesichts des Nieselregens vor dem Fenster blieb Mager lieber im Büro. Wie es aussah, gab es nichts mehr, womit er sich vor der Arbeit drücken konnte.

Seufzend schnappte er sich seinen Kaffee und zog sich ins Studio zurück. Er schob eine Cassette mit Aufnahmen von der Schule seines Sohnes ein. Die Anmeldezahlen am *Reinoldus* waren derart drastisch zurückgegangen, daß der Förderverein eine neue Etappe im Kampf um die Sextaner eingeläutet hatte: Die zuständige Studiendirektorin sollte nun die Elternversammlungen an den Grundschulen mit einem Video abklappern, das die Vorzüge der Anstalt in noch bunteren Farben demonstrierte. Wenn das nichts nützte, würden die Pauker wohl bald Hausbesuche machen und den Eltern der Viertklässler die Fenster putzen...

Als die Jazz-Tanz-Formation der Oberstufe auf dem Monitor auftauchte, stoppte Mager das Bild. Eine ranke Blondine in engem Turnanzug erstarrte mitten in der Bewegung und strahlte in die Kamera. Versonnen lächelte Mager zurück und fühlte zugleich tiefen Neid gegenüber seinem Sprößling. Denn die ersten Mädchen hatten am *Reinoldus* angefangen, als Mager schon in die Oberstufe des früheren Jungengymnasiums ging. In Kalles Alter hatte er von knackigen Mitschülerinnen und properen Sportlehrerinnen noch nicht mal geträumt.

Karin riß ihn aus seinen Träumen: »Telefon. Dein Freund aus Recklinghausen...«

Seufzend stand Mager auf.

Lohkamp begrüßte ihn wie einen alten Kumpel. Nachdem sie gemeinsam den Wettergott gelobt hatten, weil er die Gärtner jetzt von der lästigen Pflicht des Gießens befreite, kam der Hauptkommissar zu Sache.

»Wir haben übrigens die Fingerabdrücke auf dem Glas abgecheckt...«

»Und?« fragte Mager so gelangweilt, wie es eben ging.

»Auf der Plastiktüte stand der Name 'Schwarzhof'...«

Das Gespräch begann Mager zu gefallen. Er lehnte sich genüßlich zurück: »Wenn ich Schwarzhof draufgeschrieben habe, dann ist auch Schwarzhof drin!«

»Hundertprozentig?«

»Ich schwöre erst, wenn ich weiß, warum Sie es so genau wissen wollen.«

»Unter Blutsbrüdern?«

»Die Pfarrerstöchter sind mir lieber...«

»Nun denn«, sagte Lohkamp und ließ sich mehr Zeit, als Mager lieb war. »Die Abdrücke auf dem Glas stimmen in mehr als neun Punkten mit denen überein, die wir auf dem Kuvert gefunden haben, in dem das besagte Foto war, das in der vorigen Woche bei BILD gelandet ist...«

Mager pfiff durch die Zähne: »Sieh mal einer an! Die saubere Jutta! «

Unruhig schob er seinen Hintern auf dem Stuhl hin und her. Das konnte noch nicht alles sein.

»Und was machen Sie jetzt? Bestellen Sie die Dame aufs Präsidium?«

Lohkamp schien einen Moment zu zögern: »Ich weiß nicht – das wäre unhöflich. Damen besucht man, glaube ich, besser zu Hause...«

»Und so was schiebt man auch nicht auf die lange Bank.«

»Sie sagen es...«

Mager feuerte den Hörer auf die Gabel: »Holgaaar! Susanneeee! Einsatz!«

Fluchend hing Saale an den Rücklichtern eines Sattelschleppers, der sie seit der Autobahnabfahrt nervte. Nun quälte sich das Gerät mit Tempo zwanzig die engen Kurven zur Burg Blankenstein hoch, und die Schlange hinter ihnen reichte mindestens bis zum Schloß Kemnade.

Mager hatte es längst aufgegeben, seinen Kumpel anzufeuern. Statt dessen fixierte er besorgt den Auflieger des Lastzugs, in dem sich rund fünfundzwanzigtausend Liter Chemie befanden. Wenn bei dem jetzt etwas leckte…

»Aufpassen!« sagte Susanne. »Hinter der nächsten Kurve muß es sein!«

Die Schwarzhof lebte in einem Ensemble luxuriöser Eigentumswohnungen, das Hattingens Stararchitekt König mit Blick auf die Burg an das steile Südufer der Ruhr geklebt hatte. Von den Häusern war zwischen den Bäumen und Büschen, die den Straßenrand säumten, nur das Dach zu sehen. Die Einfahrt zur Residenz der Ratsfrau war bewußt unscheinbar gehalten und wirkte zugleich so gefährlich, als fiele man von dort aus direkt auf die Gleise der Eisenbahn nach Bommern.

Saale gab Gas. Einen Moment lang hing die Kühlerhaube des Wagens hoch in der Luft, ehe sie steil nach unten sackte. Während sie ins scheinbar Bodenlose fielen, tauchte jenseits des Tales für eine halbe Sekunde das Panorama des Bochumer Südens auf. Dann versperrte ihnen eine Garagentür den Weg, und Saale trat hart auf die Bremse. Auf der Kirmes mußte man für solch einen Nervenkitzel zahlen.

Mager atmete durch und knuffte Saale in die Seite: »Park doch nicht direkt vor der Tür, du Arsch.«

»Da drüben ist Platz«, meldete sich die PEGASUS-Chefin vom Rücksitz. »Zwischen dem BMW und dem Lancia. Von dort aus haben wir alles im Blick…«

Eine Minute später hatten sie den Wagen eingeparkt. Der Lada wirkte hier so unauffällig wie ein Clochard bei einer Lagerfeld-Vernissage.

Nach der dritten Zigarette wurde Susanne Ledig unruhig.

»Was ist, wenn Lohkamp erst heute nachmittag kommt? Wenn die Schwarzhof auf Reisen ist? Wenn alles ein Irrtum war? Wenn uns der Bulle auf eine falsche Fährte gesetzt hat?«

Mager starrte unbeeindruckt auf den Luxusschuppen: »Berufsrisiko!«

Eine Zigarettenlänge später schob sich ein blauer Ascona vorsichtig über die Klippen. Das Kennzeichen begann mit RE.

»Lohkamp!« krächzte Saale.

»Und meine Freundin Martina!« knurrte Mager. »Raus!«

Er zog schon am Türhebel, da legte Susanne ihm die Hand auf die Schulter: »Stop!«

Erstaunt drehte sich Mager um.

»Wenn wir jetzt filmen, vermasseln wir uns vielleicht den Höhepunkt!« erklärte die Chefin. »Wir warten, bis sie rauskommen.«

»Richtig!« nickte Saale. Mager schluckte seinen Einwand wortlos herunter. Wenn ihm der eigene Kumpel schon in den Rücken fiel...

Sie warteten. Mager rauchte schon wieder, Saale knetete seine Fingergelenke, Susanne zog ihren Lidstrich nach. Keiner sprach.

Als der WDR die Zwölf-Uhr-Nachrichten ankündigte, waren Lohkamp und die Oberkommissarin Langer bereits seit achtzehn Minuten bei der Schwarzhof zu Besuch. Mager hätte seinen ganzen Besitz für eine gutplazierte Wanze gegeben.

Ein Streifenwagen flog über die Klippen, bretterte die kurze Einfahrt herab und kam direkt neben dem Lada zum Stehen.

»Auch das noch«, stöhnte der Kameramann.

Ob die Pommesbude auf dem Beifahrersitz zuerst Mager oder den Lada wiedererkannt hatte, war letztlich unerheblich. Auf jeden Fall freute er sich außerordentlich über das Wiedersehen: »Guck mal, Kalle! Unser Zoni ist wieder unterwegs!«

Während sich Lusebrink langsam aus dem Polizeiwagen pellte, kämpfte Haggeney noch mit den Sicherheitsgurten.

Mager hätte ihnen noch stundenlang zugucken können, aber Susanne hatte aufgepaßt.

»Raus mit euch!«

Noch bevor Lusebrink und Haggeney ihre Dienstmützen aufgesetzt hatten, riß Saale die Heckklappe auf. Mager schulterte die Kamera, die Chefin stöpselte ihn an das bleischwere Aufnahmegerät fest. Dann hielt sie Saale den Gurt der Kiste hin und griff selbst zum Mikrofon. Als sie in Keilform zum Angriff vorrückten, spritzten die Polizisten erschrocken zur Seite.

Mager folgte Susannes Füßen über den asphaltierten Garagenhof, stolperte die Vortreppe hoch und hatte plötzlich Lohkamps Gesicht im Okular. Der Mann sah nicht so aus, als ob er es sonderlich eilig hätte.

Die PEGASUS-Chefin hielt ihm das Mikrofon vor die Brust: »Der Chef der Mordkommission Recklinghausen bei der Hattinger Stadtverordneten Schwarzhof. Herr Lohkamp, was hat das zu bedeuten?«

»Im Rahmen der Aufklärung eines Deliktes, das im Landkreis Recklinghausen begangen wurde, war ich an einer Auskunft von Frau Schwarzhof interessiert«, verriet Lohkamp in einem Ton, als wäre es das zehnte Interview zum selben Thema. »Die habe ich jetzt bekommen!«

»Geht es auch ein bißchen konkreter?«

»Ich will die laufenden Ermittlungen nicht erschweren!«

Mager schwenkte auf Susanne Ledig ab. Die Chefin blickte direkt in die Kamera und erzählte ihren Teil der Geschichte: »Unsere Recherchen haben ergeben, daß Frau Schwarzhof unter dem Verdacht steht, die kompromittierenden Fotos von dem Oberhausener Oberbürgermeister Stankowski anonym an die BILD-Zeitung geschickt zu haben.«

Sie wandte sich wieder dem Polizisten zu: »Herr Lohkamp, gehen Sie diesen Verdächtigungen nach?«

»Sie machen es mir schwer, Frau Ledig!« entgegnete der Hauptkommissar und holte Luft. »Ja, es gibt Anhaltspunkte dafür, daß der von Ihnen genannte Sachverhalt zutrifft. Wir werden sie sorgfältig prüfen...«

Lohkamp nickte kurz und setzte sich in Bewegung. Mager verfolgte ihn und die Langer mit einem kühnen Schwenk bis zum Ascona. Als er die Kamera sinken ließ, sah er, wie der Kommissar die beiden Uniformierten musterte. Sein Gesicht verfinsterte sich. Dann hob er wie zum Gruß den Arm – aber Daumen und Zeigefinger formten einen schönen Kreis. Lusebrink und Haggeney hatten schon glücklicher ausgesehen.

»Komm, penn nicht«, fuhr ihn Susanne an. »Das Türschild!«

Erneut schulterte Mager die JVC. Sechs in Messing gestanzte Namen und ebenso viele Klingelknöpfe waren im Bild. Dann holte Mager die zehn Buchstaben der Schwarzhof nah heran. Ein schlanker Zeigefinger glitt ins Bild und drückte auf den Knopf.

»Wenn die aufmacht – weiterlaufen lassen und hoch!«

Der Türöffner summte. Susanne stemmte sich gegen die zentnerschwere Metalltür und eilte voran: »Frau Schwarzhof?«

»O, ich dachte, das wäre noch einmal...«

Schon waren sie auf dem Absatz zum ersten Stock. Mager riß die Kamera herum, suchte die Wohnungstür und die Frau, hatte sie, korrigierte die Schärfe...

»Frau Schwarzhof!« rief Susanne Ledig. »Man wirft Ihnen vor, der Presse jenes Foto zugespielt zu haben, das Peter Stankowski in den Freitod getrieben hat...«

Die Antwort bestand aus einem heftigen Knall – die Tür war geschlossen. Nicht schnell genug für Klaus-Ulrich Mager. Für ein paar Sekunden hatte er ihr Gesicht im Okular gesehen. Und es wirkte, wenn ihn nicht alles täuschte, längst nicht mehr so souverän und charmant wie bei dem Interview an der alten Mühle.

Als sie wieder auf den Garagenhof traten, war der blaue Ascona verschwunden. Dafür standen Lusebrink und Haggeney noch immer neben ihrer grün-weißen Kiste. Gebannt schauten sie zu, wie das Team mit aller Sorgfalt ein paar schöne Schnittbilder von dem Haus, den Autos und der nahen Burg schoß.

Erst als PEGASUS begann, die Ausrüstung zu verstauen, traute sich Lusebrink heran. Seine dicken Finger kneteten die Dienstmütze, als wolle er daraus eine Pizza formen. Mager kannte die Frage, noch bevor er der Bulle den Mund öffnete.

»Wann kommt das in die Zeitung?«

Bis zur nächsten Ausgabe des »Hattinger Echos« brauchte Lusebrink diesmal nicht zu warten: Der Schwarzhof-Skandal kam noch am selben Abend landesweit in der »Aktuellen Stunde«. Und da ließ sich auch die »Tagesschau« nicht lumpen: Die letzten dreißig Sekunden vor der Wetterkarte gehörten Jutta Schwarzhof. Das Filmmaterial stammte von PEGASUS.

27.

Was immer auf dem Dienstplan für diesen Freitag vorgesehen war – die Arbeit blieb liegen. Dazu trug nicht nur der Erfolg im Fernsehen bei, sondern auch der Stapel Papier, den Karin Jacobmayer auf dem Weg ins Büro am Bochumer Hauptbahnhof erbeutet hatte: Alle Blätter, die abends um acht noch reagieren konnten, hatten die Schwarzhof auf dem Titel. Die schönste Schlagzeile hatten wie immer die Profis von »Bild« ersonnen: »In den Tod getrieben – Ratsfrau spielte falsch.«

»Wo sind denn die Typen?« fragte Karin. »Sonderurlaub?«

Susanne schüttelte den Kopf, konnte sich die Antwort

aber sparen. Die Tür flog auf, und die beiden Männer schleppten Tabletts mit belegten Brötchen und Mechthilds bestes Kaffeeservice herein. Saale schob alles, was auf seinem Schreibtisch nach Arbeit aussah, zum Fenster hinüber und entfaltete ein beinahe weißes Tischtuch. Mager verschwand, nachdem er einen Kerzenleuchter in die Frühstückslandschaft gestellt hatte, noch einmal im Flur und kehrte mit beinahe verlegenem Gesichtsausdruck zurück. In jeder Hand trug er eine kleine Vase mit richtigen Blumen.

Mittags war der rechte Zeitpunkt, noch etwas Produktives anzufangen, endgültig verpaßt. Susanne fuhr zum Squash in den Gysenbergpark, Karin wollte nach Resten aus dem Sommerschlußverkauf stöbern, Saale machte sich an einen mehrfach verschobenen Hausputz. Auch Mager hatte Versäumtes aufzuholen: Er legte sich ins Bett und schlug einen kanadischen Krimi auf, in dem es um eine Serie von Männermorden ging. Bevor er sich eine Stunde später die Decke über den Kopf zog, prüfte er sorgsam den Hohlraum unter seinem Bett.

Gegen sieben stürmte Kalle ins Zimmer.

»Telefon!« schrie er und zog seinem Vater die Decke weg.

Mühsam kletterte Mager nach unten. Das Nickerchen war doch etwas länger ausgefallen, und er brauchte Zeit, um ins Leben zurückzufinden. Schließlich fand er die Treppe.

»Mager?« fragte eine gellende Stimme. An dem Fragezeichen hätte man ein geschlachtetes Schwein aufhängen können.

»Was ist los, Schreiber?«

»Glückwunsch«, schrie der schärfste Reporter, der je in Wattenscheid das Licht der Welt erschreckt hatte. »Das war ja ein Volltreffer. Schadenfreude, soweit mein Auge reicht!«

»Danke«, sagte Mager bescheiden.

»Froh hört sich das aber nicht an.«

»Naja – ich hätte eher auf Roggenkemper getippt…«

Ein höhnisches Lachen schepperte durch die Leitung: »Ich seh' schon: Irgendwann bringst du wirklich einen um, und dann schiebst du die Sache dem Kanalvogt in die Schuhe.«

»Gute Idee«, sagte Mager. »Was zahlst du für die Story?«

»'ne Currywurst«, meinte Schreiber und kam übergangslos, wie es seine Art war, zum nächsten Thema.

»Seid ihr noch an dieser Carmen interessiert?«

»Sicher«, bestätigte Mager und überlegte, wozu sie diese Frau jetzt noch brauchten. Immerhin steckte die Schwarzhof so gut wie im Loch. Aber als Zeugin, am besten vor der laufenden Kamera, war diese Carmen immer noch was wert.

»Schieß los!««

»Hasse was zum Schreiben?«

Mager nickte.

»Ob du was...«

»Ja!« brüllte Mager zurück.

»Also, das Mäuschen heißt Manuela Töcking, wohnt in Essen-Werden und läuft beim Finanzamt als Fremdsprachenkorrespondentin. In Wirklichkeit ist sie Edelnutte und zur Zeit der absolute Geheimtip bei Geschäftsreisenden und Politcracks. Die Frau hat nicht nur optisch was zu bieten, sondern ist rundum fit für alles, was der Mann von Welt sich für eine kulturvolle Freizeit wünscht...«

»Du hörst dich an wie ihr PR-Manager!«

»Das ist auch PR, mein Junge, und zwar Originalton eines Verehrers. Und dem ist ein Tag Geschäftsreise mit der Dame einen glatten Tausender wert. Plus Hotel und Fahrt und Spesen und allem, was man so braucht. Falls die Dame aber mehr tun soll als Händchenhalten, dann kannst du noch ein halbes Monatsgehalt drauflegen.«

»Und wer...«

»Mensch, Mager, du lernst es nie. Das einzige, was mich an der Sache wundert...«

»Ja?«

»Das ist doch die Stankowski-Frau, stimmt's?

Mager wußte nicht, was Susanne dem Menschen erzählt hatte, aber Schreiber konnte man sowieso nichts vormachen.

»Stimmt.«

»Und das Foto ist von Ranke, stimmt's?«

»Glänzende Recherche!«

»Siehste – und das wundert mich. Diese Frau ist für solch einen Schmierlapp einfach ein paar Klassen zu gut. Die beiden passen nicht zusammen. Das müßt ihr lösen.«

»Völlig klar...«, heuchelte Mager.

»So, Kumpel...«, sagte Schreiber gedehnt. Die Genugtuung darüber, mal wieder die besseren Kontakte unter Beweis gestellt zu haben, troff wie Schweröl aus dem Hörer. »Das war mein Geschenk an euch. Aber selbst Geschenke kosten heutzutage. Wo bleibt euer Bakschisch an mich?«

»Ich geb' dir 'nen Gutschein!«

»Schwach«, sagte Schreiber. »Ein guter Reporter hat immer was in der Schublade...«

»Aber er rückt auch nicht alles davon gleich 'raus!«

Kaum hatte Mager die Amtsleitung weggedrückt, wählte er die 14 – Saales Privatnummer. Selbst wenn Susanne zu Hause gewesen wäre, hätte er keine Sekunde daran gedacht, sie mit dieser Nebensächlichkeit zu belästigen. Doch Saale rührte sich nicht.

Mager stemmte sich hoch und öffnete die Haustür. Hardrock fetzte ihm um die Ohren. Er brauchte gar nicht erst zu der Dachkammer hochzuschauen, um zu wissen, wo der Krach zu Hause war. Die Türken nebenan hörten Besseres.

Er überquerte den Hof und ächzte die Treppen zum zweiten Stock hoch. Als Saale auch auf das Klingeln nicht reagierte, nahm Mager die Fäuste zu Hilfe.

»Mensch, hast du im Lotto gewonnen?« fragte der Lange, als er endlich öffnete.

Keuchend schob Mager ihn zur Seite und ließ sich in einen Sessel fallen. Die Wärme der letzten Wochen steckte noch im Gebälk des Dachstuhls, und die Kletterei hielt seinen Atem gefangen.

»Tu mal 'nen Campari 'raus!« forderte Mager und sah sich neugierig um.

Als Saale vor drei Jahren eingezogen war, hatte er eine Rumpelkammer vorgefunden. Inzwischen hatte er Wände, Dachschrägen und Stützpfeiler mit Holz vertäfelt, den Sperrmüll ausrangiert und sich bei den feineren Adressen der Stadt neu einrichten lassen. Allein die Batterie an Lämpchen, die für ein mildes, aber in alle Winkel reichendes Licht sorgte, war mehr wert als der Lada auf dem Hof. Wie Saale das bei einem Brutto von zweitausendzweihundert schaffen konnte, war Mager ein Rätsel.

»Also – wo brennts?«

»Schreiber hat angerufen...«

Er schnappte sich Saales Telefon und wählte eine zehnstellige Nummer. Nach dem zweiten Tuten schaltete sich eine sehr weiche Frauenstimme ein: »Hier spricht Manuela Tökking. Schade, daß Sie mich gerade nicht erreichen können. Bitte, haben Sie noch bis zum Montag Geduld. Falls Sie mir etwas mitteilen wollen, sprechen Sie nach dem Signalton. Ich freue mich auf Ihre Botschaft...«

Mager drückte die Leitung weg und schaute den Kumpel triumphierend an.

»Carmen?«

Mager nickte.

»Wunderbar«, sagte Saale. »Auf solch ein Interview warte ich seit Jahren!«

»Nix da«, sagte Mager. »Hast du etwa das Foto gefunden und vor den Bullen gerettet? Das ist meine Party.«

»Säbel oder Degen?« fragte Saale.

»Scrabble«, entschied Mager.

Erst zwei Stunden später wankte er nach Hause.

Zur selben Zeit war Karin Jacobmayer noch im Dienst.

Am späten Nachmittag zurückgekehrt, hatte sie ihren VW im Schatten eines 120 Jahre alten Steinungetüms abgestellt, das die Förderanlage der Zeche »Julius Philip« beherbergt hatte. Von einst über hundert dieser Malakowtürme waren im Revier ganze vierzehn übriggeblieben, und Karin hielt »ihren« Turm für den schönsten...

»Du bist diese Woche mit dem Flurputzen dran«, verriet ihr Ramazan, als sie die Gemeinschaftsküche betrat. »Die Leute im Haus haben sich schon beschwert.«

Der Iraner war neben Karin, der Amerikanerin Peggy und dem Ostfriesen Achim der vierte Insasse einer geräumigen Landesbedienstetenwohnung, die ein Dozent der Ruhr-Uni zimmerweise an notleidende Studierende weitervermietet hatte. Inmitten einer halben Hundertschaft von ordentlichen Familien mit bis zu fünf Kindern bildete die WG eine exotische Insel scheinbarer Ungebundenheit.

»Und du sollst endlich meine Schweineschnitzel liegen lassen«, konterte Karin nach einem Blick in die Pfanne. »Ich schreibe sonst an die Botschaft...«

Die beiden grinsten sich an.

»Was machst du heute abend?« fragte er.

»Ich fahr nach Waltrop.«

»Mit Achim?«

»Nein, mit Özgür.«

»Ach so. – Mit wem, bitteschön?«

Özgür amüsierte sich köstlich. Zusammen mit Karin und rund dreißig anderen Leuten saß er in der Buchhandlung Gütling im Zentrum von Waltrop, um eine Premiere besonderer Art zu erleben: Ein bekannter Regionalpolitiker stellte seine Memoiren vor, die unter dem Titel »Unermüdlich« im Horneburger »Granit«-Verlag erschienen waren.

»Heimat ist dort, wo du dein Geld verdienst«, zitierte der kleine Mann mit der Igelfrisur einen anderen bekannten Buchtitel, um sofort drohend seinen Blick zu erheben: »Genau das ist es, was ich als Lebensregel für mich immer aufs Schärfste abgelehnt habe. In dieser kalten Zeit dreht sich alles um Geld und Macht und Ansehen, aber Wärme, Menschlichkeit, ja, lassen Sie es mich so sagen, Nächstenliebe kommen dabei einfach zu kurz.«

Fast dieselben Worte hatte er zwei Jahre zuvor am Grabe eines Dattelner Unternehmers ausgesprochen, und sie hatten nichts von ihrer Wirksamkeit eingebüßt. Die Anwesenden – mehr als die Hälfte hatte für den Abend im Altersheim Ausgang bekommen – nickten zustimmend.

Zufrieden schlug der Igelkopf die Lebensbeichte auf und las eine seiner unendlichen Weihnachtsgeschichten vor. Sie schilderte, bescheiden in der 3. Person verfaßt, wie Bürgermeister Roggenkemper alljährlich allen Krankenschwestern, Feuerwehrleuten, Soldaten und Polizisten der Kanalstadt, die am Heiligen Abend Dienst verrichten mußten, eine Packung Weinbrandbohnen und einen feuchten Händedruck servierte. Özgür kamen fast die Tränen.

»Solch ein Heuchler«, flüsterte Karin, »der schöpft mit seinen Aufsichtsratsposten im Monat mehr Kohle ab, als diese Omas und Opas im ganzen Jahr bekommen…«

»Mir gefällt er«, raunte Özgür und blies ihr dabei zärtlich ins Ohr. Sie mußte sich auf die Lippen beißen, um nicht laut loszuquietschen.

»Wieso das denn?«

»So, wie er da vorne den einsamen Helden spielt, könnte er bei uns Regierungschef werden. Er müßte nur noch Türkisch lernen…«

Empörtes Zischeln ihrer Nachbarn unterbrach ihn. Auch der Autor hatte seinen Vortrag unterbrochen und schaute hoch. Die beiden paßten, ein paar entscheidende Generationen zu jung, in den Zuhörerkreis wie Krippenkinder in eine Abiturprüfung. Besonders Karins inzwischen auf Punk getrimmter Fransenkopf hatte es den Leuten angetan.

Roggenkemper hatte die Farbenpracht entdeckt und musterte Karin. Seine grünen Augen bekamen etwas Lauerndes.

Mit einem leichten Nicken schickte sie eine demütige Bitte um Entschuldigung nach vorn, und der Igelkopf nickte zurück. Aber wann immer er, sich seiner Rhetoriklehrsätze erinnernd, in den Saal hochblickte, blieben seine Kateraugen an ihr hängen. Karin fühlte sich ungemütlich, wich aber niemals aus. Als einzige aus dem PEGASUS-Team hatte er sie nie zuvor gesehen.

Dann rollte der Rubel. Erno Gütling stand höchstpersönlich an der Kasse und quittierte die dargereichten Zwanziger mit einem Lächeln, das die Omas wieder jung werden ließ. Auch Karin kaufte ein Exemplar und stellte sich an, um ein Autogramm des Autors zu ergattern.

»Hat es Ihnen gefallen?« fragte Roggenkemper, als er seine zackige Unterschrift auf das Papier kritzelte.

Karin nickte: »Sehr...«

»Freut mich«, sagte Roggenkemper, klappte das Buch zu und schob es ihr hin. »Aber sagen Sie es nicht Ihrem Chef. Herr Mager ist da etwas eigen...«

28.

Das Foyer der Essener Grugahalle hatte sich in ein riesiges Büffet verwandelt. Wo sonst Handballfans Bockwürstchen knackten und Bierdosen zischen ließen, boten Sponsoren aller kulinarischen Richtungen kostenlose Proben ihres Könnens. Exotische Düfte füllten den Raum, und eine Tangocombo sorgte für eine dezente Untermalung.

Während sich aus der high society der Ruhrmetropole alle eingefunden hatten, ohne die einem solchen Ereignis der rechte Glanz gefehlt hätte, hatten die Nachbarstädte lediglich die Spesenritter aus der zweiten Reihe delegiert. Eine Ausnahme bildete Datteln: Roggenkemper war immer dabei, wenn er alte Freundschaften aufpolieren und neue Kontakte knüpfen konnte.

Wiemann, der Persönliche, und Hugenberg schoben sich an den Bürgermeister heran.

»Ihr laßt aber auch nichts aus!« flachste Roggenkemper.

Wiemann tat todernst: »Rein dienstlich, Gerd.«

»Und worin besteht der Dienst?«

»Den Gegenschlag studieren«, meinte Wiemann und zeigte auf das Planungsmodell, das in der Mitte der Halle aufgebaut war. »Was meinst du, was sich darunter verbirgt? Essens Antwort auf das TRC. Bei der Bewerbung haben sie geschlampt und sind in der Vorrunde ausgeschieden, aber jetzt arbeitet ein Sonderstab Tag und Nacht, um die Panne auszubügeln…«

Pünktlich um elf ließ Gruga-Chef Paaß jene feierliche Melodei einspielen, die alle Anwesenden aus der Werbung für ein bitteres Prickelwasser kannten. Die Gespräche verstummten. Der Oberbürgermeister trat ans Mikrofon und hielt eine seiner gefürchteten Reden, die eigentlich nur mit Sekt und Kaviar zu ertragen waren. Zum Schluß versprach er der Menge nichts Geringeres als »das größte Bauvorhaben in der Essener Nachkriegszeit«: »Wann jemals haben wir etwas geplant, das Investitionen in einer Höhe von sechshundertfünfzig Millionen erforderte? Das, meine Damen und Herren, ist der Wagemut, der diese Stadt groß gemacht hat.«

»Die sind doch größenwahnsinnig«, raunte Roggenkemper dem Persönlichen zu. »Sechshundertfünfzig Millionen. Schaffen die nie! Die Leute hier investieren ihr Geld lieber in eine neue Pommesbude. Oder habt *ihr* ihnen was versprochen?«

Wiemann hob die Hände: »Keine Ahnung. Ich höre die Summe heute zum erstenmal…«

Alle Augen richteten sich zur Mitte. Paaß trat vor, um das Modell zu enthüllen. Er lüftete das weiße Tuch mit einer

Dramatik, als gelte es, ein Richard-Wagner-Festival zu eröffnen.

»Wie Sie sehen«, fabulierte er, »enthält unser Projekt vier Elemente, die sich bedingen und ergänzen: das 'Essener Textil Center', das 'Euro Trade Center', das 'Top-Hotel' und den neuen Messegarten, in dem unter anderem zweihundert japanische Kirschbäume erblühen.«

Die Menge applaudierte, als hätte sie die Hängenden Gärten der Semiramis geschaut.

Roggenkemper zuckte die Achseln: »Ich sage nur 'Gildehof'...«

Hugenberg nickte. Das Gildehof-Center in der Essener City drohte zur Planungspleite erster Klasse zu werden. Vor drei Jahren in Betrieb genommen, ähnelte es mehr und mehr einer Ruine. Viele Pächter gaben entnervt auf, weil von oben und unten Wasser in die Läden lief...

Eine Garde Kellner schwebte heran und brachte Sektkelche unter die Leute. Der Kampf ums Büfett brach los, und die Dreiergruppe wurde auseinandergeweht. Wiemann landete irgendwo beim Räucherlachs, während Roggenkemper sich freiwillig ins zweite Glied zurückzog: Gegen diese Meute hatte ein Mensch aus den unteren Gewichtsklassen keine Chance.

Plötzlich tauchte Hugenberg neben ihm auf, einen leeren, aber schon benutzten Teller in der Hand: »Komm, Gerd, sonst bleiben für dich nur die Käseschnittchen...«

Während sie sich mit einem sehr orientalisch aussehenden Salat versorgten, spann Roggenkemper den Flachs weiter, den ihm Wiemann aus der Hand genommen hatte: »Wirklich, Bernd, warum zahlen wir dir überhaupt noch Gehalt? Ständig frißt du dich irgendwo durch, hast keine Familie, aber einen Dienstwagen...«

»... und schläfst nachts im Büro!« grinste Hugenberg und winkte ab.

Der Bürgermeister schmunzelte: »Oder treibst dich nachts in Wanne-Eickel auf dem Güterbahnhof herum!«

Hugenberg breitete so heftig die Arme aus, daß der Salat auf seinem Teller ins Rutschen kam: »Siehst du! Ich bin sogar nachts für die Partei im Einsatz!«

Roggenkemper fischte ein neues Sektglas vom Tablett.

»Deine Überstunden hast du dir aber gut bezahlen lassen!«

Hugenberg hielt in seinen Kaubewegungen inne: »Wie meinst du das?«

Wachsam warf Roggenkemper einen Blick in die Runde. Obwohl sich die anderen Gäste nur für die kulinarischen Sensationen interessierten, nahm er den langen Hugenberg ein paar Schritte beiseite. Er senkte die Stimme.

»Ich bin nicht so blöd wie Wiemann, der dir die Sache mit den zweiten Fünfzigtausend so einfach abgenommen hat...«

Hugenberg zog die Brauen hoch.

»Wenn man der Polizei glauben kann, war Ranke nachts schon mausetot. Das wäre schon ein biologisches Wunder, wenn er da noch seine Beute einkassieren konnte.«

»Hör mal!« Hugenbergs Augen funkelte zornig. »Was Ranke da eingestielt hat, macht solch ein Typ nicht allein. Denk mal an den zweiten Mann, der offensichtlich mitkassiert...«

»Doch, tu ich!« versicherte der Bürgermeister. »Ich denke die ganze Zeit an den zweiten Mann. An jemanden, der unseren Sonderfonds für seine eigene Bedürfnisse nutzt!«

Vor Wut lief Hugenberg rot an: »Roggenkemper! Du bist und bleibst ein mieses Arschloch!«

Die Aufmerksamkeit der Umstehenden gehörte schlagartig ihnen.

29.

In Magers Küche herrschten Eintracht und Zufriedenheit. Dieses Glück war den meisten Anwesenden im laufenden Jahr erst ein einziges Mal vergönnt gewesen: Als Holger Saale einen Zwanzigtausend-Mark-Vorschuß auf sein Erbteil riskiert hatte, um den Sprung vom Angestellten zum PEGASUS-Mitinhaber zu wagen. Daß er überhaupt den Weg von der Elbe an die Emscher gefunden hatte, lag an einer kurzen, aber sehr intensiven Affäre mit der PEGASUS-Chefin. Doch das war fast vier Jahre her, und so saßen sie an diesem Abend eher zufällig nebeneinander.

Kein Zufall indes war es, daß Karin Jacobmayer und ihre neue Eroberung Özgür mit einem einzigen Platz auf der Eckbank auskamen. Bei ihnen hatte der Blitz zugeschlagen, und wenn Klaus-Ulrich Mager von seinem Stammplatz am Ende des Tisches auf das junge Glück schielte, dann fühlte er doch so etwas wie Stolz: Ihm hatten sie es letztlich zu verdanken.

Gattin Mechthild wirbelte am Herd. Zur Feier des Tages trug sie unter ihrem geblümten Haushaltskittel ein beigefarbenes Kostüm, das sie sonst nur quartalsweise ins Theater ausführte. Saale fiel auf, daß sie sich irgendwann in der laufenden Woche dazu durchgerungen haben mußte, auf jene schwarzen Strümpfe umzusteigen, die seit mehr als einem Jahr wieder in Mode waren.

»Was gibt es denn?« fragte er.

»Hechtklößchen an Morcheln in Buttersauce mit Dill-Risotto!« verkündete sie.

Saale blieb die Spucke weg: Der Körnertrip bei Magers war offenbar vorbei.

»Woher hast du das Rezept?« hakte Susanne nach.

Wortlos hob Mechthild das bunte Heft so hoch, daß die beiden das Titelblatt erkennen konnten: Es war die Zeitschrift »Essen und Trinken«, ein Blatt, das sich zuvor noch nie in diesen Haushalt verirrt hatte.

Normalerweise ging sich die Truppe an den Wochenenden aus dem Weg. Aber nachdem auch noch ein paar überregionale Blätter den unaufhaltsamen Abstieg der Hattinger Ratsfrau Jutta Schwarzhof dokumentiert und dabei den Namen PEGASUS nicht ausgelassen hatten, verspürten die an dem Erfolg Beteiligten ein völlig neues Bedürfnis nach Nähe.

»Eigentlich hätten wir Lohkamp dazuladen müssen«, meinte Susanne Ledig. »Schließlich hat er uns den entscheidenden Tip gegeben.«

»Bullen gehören nicht an, sondern auf den Tisch!« knurrte Mager.

»So übel ist der Typ doch gar nicht!«

»Du warst ja auch nicht in seinem Knast!« grollte der Kameramann. Doch er klang weitaus versöhnlicher als sonst: Immerhin hatte die Borussia am Vorabend einen Auswärtspunkt geholt.

Mechthild begann zu servieren und erntete stehende Ovationen. Und es kam einer historischen Wende gleich, als Mager nach drei Bissen sagte: »Es schmeckt!«

Mechthild blieb der Bissen im Halse stecken. Doch dann hob Mager sein Weinglas und schlug vor: »Laßt uns auf die flotte Jutta trinken! Letztlich verdanken wir unseren Erfolg ihrer kriminellen Energie – und ihrer Dämlichkeit!«

Die Gläser klirrten.

»Ich habe noch mal mit Lohkamp telefoniert«, berichtete Susanne Ledig. »Er hatte die Schwarzhof im Präsidium. Sie behauptet, sie hätte mit der Entstehung der Fotos nichts zu tun. Die hätten am Mittwoch morgen einfach so im Briefkasten gelegen. Aber immerhin hat sie zugegeben, daß sie das Zeug an *BILD* geschickt hat...«

»Hattest du Zweifel?«

»Naja – während des Interviews hat sie sich ja blendend gehalten. Aber das war eine Spur zu glatt.«

»Und du als Frau hast das natürlich gemerkt!« spöttelte Mager.

»Sei bloß still!« konterte die Chefin. »Dich hätte sie mit ihrem frommen Getue und dem Rauch in der Stimme doch völlig eingewickelt!«

Saale füllte die Gläser auf: »Aber wer soll das Ding denn sonst eingefädelt haben? Diese Carmen etwa?«

»Manuela!« korrigierte Mager. »Aber das kriegen wir auch noch 'raus. Sobald die Frau zurück ist, bin ich da.«

»Laß dich nur nicht dabei fotografieren!« warf Mechthild ein, und alle lachten Tränen.

Es klingelte.

»Das wird Kalle sein!« meinte Mechthild und wollte aufstehen. Doch Saale war schneller und öffnete. Ein hochgewachsener, mit lässigem Chic gekleideter Mann stand in der Küchentür, einen Regenschirm in der einen und eine eingewickelte Flasche in der anderen Hand.

»Na so was!« staunte Mager. »Was willst du Arsch denn noch hier?«

Hugenberg lächelte verlegen in die Runde: »Ich störe wohl?«

Ein Moment des Zögerns, dann schob Mechthild ihm einen Stuhl hin. Mager sah seine Frau überrascht an, ehe er sich zu einer gönnerhaften Bewegung entschloß: »Von mir aus. Eigentlich hast du ja Hausverbot. Aber du kannst uns den Abend nicht mehr verderben…«

»Klaus!« sagte Susanne.

Hugenberg stellte seinen nassen Schirm in den Flur, zog die Küchentür zu und plazierte den Sekt mitten auf dem Tisch: »Zunächst mal: Herzlichen Glückwunsch! Das war ja ein voller Erfolg…«

Susanne reichte ihm ein Weinglas, und Mechthild nötigte ihm den letzten Rest von dem Ragout auf.

»Sag nicht, daß du am Samstag abend extra aus Essen hergekommen bist, um uns zu gratulieren«, stichelte Mager.

»Doch. Und um mich zu bedanken!«

»Bitte?«

»Doch«, sagte der andere ernsthaft. »Die Opposition hatte mich ja wegen des Interviews schon schwer in der Mangel. Und selbst unser großer Landesvater fand, ich hätte mich diesmal etwas zu weit aus dem Fenster gehängt. Ihr habt mich wieder 'rausgehauen...«

Hugenberg wischte sich den Mund mit der Servierte ab und spülte die letzten Reiskörner hinunter: »Danke, Frau Mager...«

»Mechthild...«

»Einverstanden. – Seid ihr noch an dem Fall Ranke interessiert?«

»Klar doch!«

»Fein. Ich komme nämlich gerade aus Datteln.«

Kein Stichwort hätte Mager neugieriger machen können.

»Und?« fragte er lauernd.

»Roggenkemper spielt ein falsches Spiel.«

»Das ist aber in diesem Kreis keine neue Erkenntnis!« sagte Saale.

»Für mich aber! Ich hielt ihn bei allen Schwächen und Macken für loyal – zumindest gegenüber seiner Partei und seinen Freunden...«

»Hat der welche?«

Hugenberg überhörte die Bemerkung: »Roggenkemper kannte Ranke besser, als er es zugegeben hat. Er hat ihm ständig Aufträge zugespielt.«

»Auch das ist bekannt.«

Hugenberg nahm einen tiefen Schluck aus seinem Glas: »Am Tag, als Ranke umkam, hat sich Roggenkemper zu ihm chauffieren lassen. Am späten Nachmittag, kurz vor siebzehn Uhr.«

In der Küche war nur noch das Geräusch des Umluftherds zu hören.

»Um zwanzig nach fünf ist er wieder zurückgefahren. Und jetzt kommt der Hammer: In Datteln angekommen, hat er seinen Chauffeur nach Hause geschickt. Mit der Bemerkung, er wolle selbst zu einem Auftritt in Dülmen fahren. Absolut unüblich, aber der Fahrer hat sich über den freien Abend gefreut. Und die Veranstaltung fand auch statt...«

»Aber ohne den Herrn Landtagsabgeordneten!« riet Karin.

»Genau! Am nächsten Morgen hat er seinem Chauffeur die Schlüssel vom Benz ohne jede Bemerkung zurückgegeben. Aber obwohl Roggenkemper nicht in Dülmen war, hatte der Wagen laut Tacho 56 Kilometer zurückgelegt...«

Die Tischrunde wartete auf eine Fortsetzung, aber Hugenberg schwieg und sah vor sich hin.

Mager kam als erster drauf: »Das reicht dicke für die Strekke Datteln-Herten und zurück!«

»Du sagst es!« nickte Hugenberg.

»Woher weißt du das alles eigentlich?« fuhr Susanne hoch.

Hugenberg lächelte.

»Der Fahrer muß ein Fahrtenbuch führen. Und da Roggenkemper nichts eingetragen hatte, mußte er selbst das am nächsten Morgen nachholen...«

Karin Jacobmayer holte tief Luft: »Sie meinen also...«

»Du!«

»Du meinst also, daß Roggenkemper in der Nacht...«

»Beweisen kann ich es nicht. Aber Roggenkemper ist seinem Fahrer eine ordentliche Erklärung schuldig geblieben.«

Die nächsten zehn Minuten gehörten den wildesten Spekulationen. Insbesondere Mager war kaum zu bremsen: Er traute Roggenkemper von Blutschande bis zum Meuchelmord alles zu, was die Seiten des Strafgesetzbuches füllte. Zum Schluß war Saale der einzige, der ihnen Salz auf den Pudding streute: »Das sind alles nur Spuren, aber keine Beweise. Wir haben nichts in der Hand.«

»Doch«, sagte Hugenberg griff in die Innentasche seines Jacketts. Eine zusammengerollte Sammlung von Fotokopien entfaltete sich auf dem Tisch. Die dokumentierten Objekte waren Seiten aus einem schmalen Heft im Querformat mit etlichen Spalten: Tag, Fahrtzeit, Fahrstrecke, Zweck...

Mager griff als erster zu, dann wanderten die Blätter weiter. Es stimmte.

»Und wie kommst du da dran?« fragte Saale.

»Roggenkemper hat in Datteln nicht nur Freunde!«

Schweigen, Staunen.

Als Saale nach wie vor den Kopf schüttelte, setzte Mager an: »Denk doch mal nach! Roggenkemper kannte Ranke. Er ist absolut scharf auf das TRC. Vor allem: Er is sowwat von abgebrüht…«

»Ich glaub's nicht«, beharrte der Hamburger. »Ich setze immer noch auf unsere Freundin Manuela. Die wird wissen, wer die Sache angeleiert hat.«

»Wer?« fragte Hugenberg.

»Manuela«, warf Mager ein, als handelte es sich um eine alte Bekannte.

»Du sprichst in Rätseln!«

»Ach so!« Mager grinste. »Wir wissen inzwischen, wer Stankowski an den Eiern herumgespielt hat. Irgend sonne Nutte. Manuela sowieso.«

»Glückwunsch! Und wie heißt die genau?«

»Hast du Bedarf?« fragte Mager. Alle grinsten.

»Ich hab den Namen im Büro…«

Mechthild erhob sich: »Ich habe noch die wichtigste Frage des Abends zu klären…«

Sie erntete die erwartete Aufmerksamkeit.

»Es gibt noch Nachtisch. Frischen Pflaumenkuchen mit Amaretto-Sahne. Wer möchte noch?«

In dieser Frage herrschte Einigkeit.

30.

»Die spinnen ja!« knurrte Mager und warf den Sportteil der »Allgemeinen« in den Müll. Lobeshymnen auf die Kicker von Wattenscheid und Bochum konnte er so kurz nach dem

Frühstück nicht ertragen. Zwei Wochen, dachte er, dann ist Dortmund wieder die Nummer eins im Revier...

Susanne kam herein und legte ihm einen Arbeitsplan für den langen Rest der Woche auf den Tisch: »Stankowski schön und gut – aber wir müssen auch wieder Geld verdienen. Die Tanzschule Buhrmann ist an einem Video interessiert...«

Mager seufzte nostalgisch. In jenem Laden hatte er die ersten Rumbaschritte geprobt und seinen zweiten Liebeskummer erlitten. Irgendwann, in einem früheren Leben...

»Wir brauchen neue Themen, Klaus. Wo sind deine Ideen?«

»Hab' ich«, nickte er. »Wir waren gestern in Elspe. Karl May auf der Freilichtbühne. Wunderbare Stunts...«

»Und wer soll das senden?«

Mager zog die Schultern hoch: »Wer hat hier die Drähte zu den Sendern?«

»Ich. Aber nicht für solch einen Quatsch!« sagte die Chefin und rauschte ab.

»Was hat die denn heute?« fragte Karin und sah Mager an. Als der endlich merkte, wen sie gemeint hatte, blieb sein Herzschrittmacher stehen. Zum erstenmal hatte die Rote sich mit ihm gegen Susanne verbündet.

»Weiß nicht«, sagte er schließlich. »Aber wir haben alle mal einen schlechten Tag...«

Dann wählte er seine alte Tanzschule an.

Während er darauf wartete, daß in der City jemand an den Apparat ging, starrte er in den Nieselregen. Ein dunkelblauer VW-Bus rollte die Steinhammer Straße entlang. Der Blick des Fahrers pendelte zwischen den Löchern in der Fahrbahn und den Nummernschildern an den Hauswänden. Hinter ihm dösten vier oder fünf Mann in blauen Overalls.

Die haben es gut, dachte Mager mit einem Anflug von Neid. Der Boss sagt ihnen, wo sie eine Leitung legen sollen, und damit haben ihre Sorgen ein Ende...

Der Bus verschwand aus Magers Blickfeld, aber das Motorengeräusch schwoll an: Der Bulli war in die enge Schlucht zum Hof eingetaucht. Bauer Püttbecken, dem die Ruine nebenan gehörte, hatte sich wohl dazu durchgerungen, den Türken neue Lokusse zu schenken. Wenn das stimmte, stand bei dem alten Geizhals der Sensenmann vor der Tür...

In der Tanzschule war um diese Zeit noch niemand im Einsatz. Mager legte auf und suchte nach dem Zettel mit Hugenbergs Nummer. Als er die Hand wieder am Hörer hatte, splitterte die Tür.

Entgeistert starrte Mager auf die Burschen in den Overalls: vier große, kräftige Gestalten mit wetterharten Gesichtern. Sie sahen nicht so aus, als wären sie auf ein Schwätzchen gekommen, und gingen so zielstrebig vor, als ob sie hier zu Hause wären. Zwei von ihnen stapften ohne zu zögern zu den hinteren Räumen, die beiden anderen kamen auf Mager zu. Bevor er auch nur Luft holen konnte, hatten sie ihn an den Armen gepackt und in den Korridor gezerrt.

Die Berührung löste seine Erstarrung.

»Loslassen!« schrie er. »Haut ab, ihr Ärsche!«

Er strampelte wild mit den Beinen und versuchte, sich loszureißen. Aber sie waren nicht nur einen ganzen Kopf größer, sondern auch einen halben Kleiderschrank breiter.

»Halt die Schnauze!« raunzte einer eher beiläufig und gab ihm einen Tritt ins Kreuz, der ihn gegen die Tür des Badezimmers fliegen ließ.

Benommen blieb er liegen, doch die Gorillas gönnten ihm keine Pause. Eine kräftige Faust packte ihn im Nacken und hob ihn hoch wie eine junge Katze. Jemand riß die Klotür auf, ein weiterer Tritt, und Mager schoß hinein. Er knallte mit der Hüfte gegen das Waschbecken und wurde von dort gegen die Badewanne geschleudert.

»Die Mädels«, dachte er noch und versuchte, sich wieder aufzurichten. Doch Liegestütze hatte er noch nie gekonnt.

»Komm, Kleine!«

Ein Schnauzbart streckte den Arm nach Susanne aus. Seine braunen Augen musterten sie so gleichgültig, als wäre sie eine Bücherkiste, die er eben mal in den Nebenraum schleppen sollte.

Susanne schrie auf und hieb ihm ihre Krallen in den Handrücken. Drei rote Striemen glühten auf.

Der Schnauzbart zuckte nur. Dann schlug er ihr mit der lädierten Hand ins Gesicht. Sie taumelte, riß ihren Schreibtischstuhl mit und landete in dem Regal mit den Aktenordnern. In Panik tastete sie nach irgend etwas Hartem, das ihr als Waffe dienen konnte. Doch schon war der Typ über ihr. Er riß sie hoch und zog sie in den Flur. Sekunden später landete sie auf Magers Rücken.

»Hände weg vom Telefon!« empfahl der ältere Herr mit der Halbglatze.

Karin versuchte es trotzdem. Der Fremde grinste und riß die Schnur aus der Wand. Dann drehte er Karin den Arm um, bis sie nachgeben mußte und gebückt in eine Ecke stolperte. Halbglatze kam hinterher. Mit einer Faust hielt er ihren Nacken fest und sorgte dafür, daß sie sich nicht wieder aufrichten konnte.

Hinter ihren Rücken herrschte geschäftiges Treiben. Aus den Augenwinkeln bekam sie mit, wie Magers Schreibtisch geplündert wurde. Mit ein, zwei Handbewegungen fegten die Typen alles, was oben lag, in einen blauen Müllsack. Der Inhalt der Schubladen und Ablagefächer folgte.

Der vierte Kerl nahm den Technikraum auseinander. Holz brach, Plastik splitterte, Blech stöhnte wie unter Keulenschlägen. Wenn der so weitermachte, war die Firma ruiniert.

»Aufhören!« schrie sie. »Aufhören, ihr...«

Eine rissige Hand verschloß ihr den Mund. Zugleich drang ihr ein stechender Geruch in die Nase. Diesel, durchzuckte es sie. Dann biß sie zu.

Halbglatze brüllte. Für einen Augenblick lockerte sich sein Griff. Sie wollte hoch, doch er stand so dicht hinter hier, daß sie sich nicht einmal umdrehen konnte. Er nutzte den Vorteil, um sie tiefer in die Ecke zu drängen, und wühlte sich mit den Händen zu ihren Brüsten durch.

»Schade, daß wir so wenig Zeit haben«, flüsterte er und drückte ihr sein Gekröse gegen den Hintern. »Ich würd' dir schon zeigen, wie's geht!«

»Du kriegst doch sowieso keinen mehr hoch!« keuchte sie und riß an seinen Händen. Er lachte und knetete weiter. Da schob sie ihre freie Hand zwischen sich und den Kerl.

Er ahnte, was sie vorhatte, tat aber vor Schreck genau das Falsche. Um sein Heiligstes in Sicherheit zu bringen, wich er mit der Hüfte zurück. Karins Finger stießen in den Zwischenraum, packten seine Eier und brannten ihm die Nägel ins Fleisch.

Der Kerl jaulte auf, als würde er aufs Rad geflochten. Er ließ los und wollte zurückweichen, doch Karin hielt ihn fest und verstärkte den Druck. Da rammte er ihr das Knie ins Kreuz, daß sie mit der Stirn gegen die Wand stieß.

»So, du Sau!« japste er. Er riß sie herum und holte aus.

»Werner, hör auf, wir haben alles!«

»Gleich!« schrie er und musterte Karin mit einer Mischung aus Furcht und Mißchtung, ehe er ihr mit der Faust ins Gesicht schlug. »Warte, du Nutte, ich komme wieder! Und dann besorg ich's dir!«

Er ließ sie los und drehte sich um, rannte aber mit dem Oberschenkel gegen den Schreibtisch. Er stöhnte auf, biß die Zähne zusammen und humpelte davon.

Diese Verzögerung war Karins Chance. Als Halbglatze durch die Tür humpelte, zerplatzte dicht neben seinem Kopf etwas Schweres an der Zarge. Glas klirrte, Dampf wallte auf, und eine schwarze Flüssigkeit spritzte durch den Hausflur. Mindestens eine halbe Tasse von Magers Kaffee erwischte ihn im Genick. Erst als draußen eine Wagentür zuknallte, brach sein Brüllen ab.

»Ich heiße Viermann«, sagte die Frau. »Oberkommissarin...«

Mager trat zur Seite und ließ sie ein. Sie sah sich um und schüttelte den Kopf. Das PEGASUS-Büro sah aus, als wäre ein Panzer durchgefahren.

»Schlimm?« fragte sie, als sie Karin Jacobmayer erblickte. Die Bochumerin stand im Bad und kühlte sich mit einem nassen Handtuch das Gesicht.

»Zeigen Sie mal...«

Ihre Stirn war aufgeschrammt, die Haut über dem linken Wangenknochen geplatzt, die ganze Seite gerötet und angeschwollen.

»Können Sie sich hier irgendwo hinlegen?«

Karin nickte. »Oben.«

»Lassen Sie sofort einen Arzt kommen. Der soll die Verletzungen genau protokollieren. Wenn Sie einverstanden sind, kann mein Kollege die Stellen fotografieren...«

Während die Frauen in Susannes Wohnung gingen, ließ sich die Viermann von Mager die anderen Räume zeigen. Scheinbar emotionslos betrachtete sie das Chaos und schien zu überlegen, wie sie ihre Arbeit am besten in Angriff bekam.

Mager hielt sich einen halben Schritt hinter ihr und musterte sie verstohlen. Sie war eine Idee kleiner als er und hatte eine eher zerbrechlich wirkende Figur. Mit ihrer rosageränderten Brille und den modischen Fransen auf dem Kopf hätte sie in jede Szenekneipe am Ostwall gepaßt. Von allen Polizistinnen, die Mager in den letzten Jahren gesehen hatte, roch sie am wenigsten nach Bulle.

»Wir machen es so«, erklärte sie ihm erstaunlich resolut. »Unser Fotograf dokumentiert zunächst den Zustand der Räume. Danach suchen wir nach Fingerabdrücken und anderen Spuren. Wenn wir damit fertig sind, müssen Sie die

Beschädigungen und alle entwendeten Gegenstände auflisten. Den Tathergang erzählen Sie uns morgen im Präsidium…«

Mager nickte.

»Gut. Dann lassen Sie uns mal zu Ihren Kolleginnen gehen.«

Mager sah sie fragend an. Sie hob ihr Köfferchen: »Wenn das Ganze hier Sinn haben soll, brauchen wir auch Ihre Abdrücke. Damit wir die fremden erkennen können…«

Achselzuckend ging er voran. Als er gerade den Fuß auf die erste Treppenstufe setzte, knirschte der Schlüssel in der Haustür. Saale erschien und sah seinen Kumpel und die Unbekannte erstaunt an.

»Wo hast du dich denn herumgetrieben?« furzte Mager ihn an.

»Datteln«, sagte er und lächelte.

»Wunderbar! Der Herr pflegt alte Freundschaften, und uns nehmen sie den Laden auseinander…«

Saale wurde blaß.

Zwei Stunden später sahen sie klarer. Etliches Mobilar war zerbrochen, Magers Schreibtischutensilien fehlten, und überall waren die Spuren des Rußpulvers zu sehen, mit der die Viermann alle Fingerabdrücke eingestäubt hatte.

Aber das waren Lappalien. Viel schwerer wog die Beschädigung etlicher Filmrollen und Videocassetten – das Material war unersetzbar. Außerdem hatte jemand die Kamera gegen die Wand geknallt. Und das war eine Katastrophe.

»Scheiße!« sagte Mager und ließ sich mitten in dem Chaos nieder. Er goß sich einen dreifachen Calvados ein und trank. Dann wischte er sich mit dem Handrücken über die Augen. Saale war sicher, daß die Tränen nicht vom Schnaps herrührten.

In Susannes Büro klingelte das Telefon. Saale stand auf und suchte nach Karins Apparat.

»Der geht doch nicht«, sagte Mager und deute auf die herausgerissene Schnur. »Geh du mal...«

Saale verschwand nach nebenan, brauchte aber nicht lange.

»Wer war's?«

»Susanne. Sie hat Karin nach Hause gebracht und Özgür angerufen... Auf dem Rückweg bringt sie eine Leihkamera mit. Sie trickst da was mit dem WDR...«

Mager schniefte.

»Was meinst du«, fragte er, »was sollte der Überfall?«

»Keine Ahnung... Strafe für den Schwarzhof-Coup?«

Die Unsicherheit in Saales Stimme zeigte, daß er es selbst nicht glaubte.

31.

«Hübsches Nest da drüben«, sagte Saale, als sie von Essen her über die Ruhrbrücke nach Werden hineinfuhren.

»Zu viele Geldsäcke«, widersprach Mager. »Und zu viele Pfaffen!«

»Aber auch eine Edelnutte...«

»Wieso 'aber'?« fragte Mager und grinste.

Hinter dem S-Bahnhof bogen sie von der Hauptstraße ab, und Saale pfiff durch die Zähne. Wer hier wohnte, war nicht beim Sozialamt gemeldet.

Die nächste Querstraße hieß »Am Tierpark« und sah nach einem exquisiten Freigehege aus. Saale hätte sich nicht gewundert, am Straßenrand ein dezentes Schild mit der Bitte »Stör die feinen Leute nicht!« zu finden.

Vorsichtig ließ er den Wagen an dem Drei-Etagen-Bau vorüberrollen, in dem auch der Briefkasten mit dem Namen Manuela Töcking hängen mußte. Bereits das Vordach war so eindrucksvoll, daß Chauffeure freiwillig ihre Mützen lüfteten. Die Holzrahmen der Thermopane-Verglasung stammten nicht vom Discounter, und die Vorhänge hatten Profis mit Gespür für die Außenwirkung drapiert.

Der einzige freie Parkplatz fand sich schräg gegenüber in einer toten Ecke des Bürgersteigs, die im Schatten eines alten Fachwerkhauses lag. Gekonnt lenkte Saale den Wagen rückwärts in die Nische. Fünfzig Meter Straße und Manuelas Vortreppe breiteten sich vor ihren Augen aus wie eine Freilichtbühne.

»Also!« sagte Mager. Er hatte sich extra für diesen Anlaß in das neue T-Shirt mit den blau-roten Schrägstrichen und in sein modisches Light-Jackett gestürzt. Der Geruch seines Deos hing wie eine Dioxinwolke unter dem Wagendach.

»Bleib sauber!« grinste Saale und schob eine Cassette der Toten Hosen ein. »Aids ist noch nicht heilbar!«

»Du Arsch«, sagte Mager und ging.

»Ja, bitte?« wehte es durch die Gegensprechanlage. Manuelas Stimme kam in bester Sendequalität.

»Mager. Wir haben vorhin miteinander telefoniert.«

»Aber ich habe noch immer weder Zeit noch Interesse...«

»Mag sein. Aber ich habe Zeit. Und das Original eines Fotos, das sich in der letzten Woche zehn Millionen Menschen angeguckt haben...«

Er hörte, wie sie durchatmete.

»Was habe ich damit zu tun?«

»Eine Menge.«

Sie lachte: »Kann jeder sagen.«

»Stimmt. Aber nicht jeder kann's auch beweisen.«

Pause. Im Lautsprecher knackte es. Entweder ruft die jetzt die Bullen, dachte Mager, oder...

Der Türöffner summte.

Mager war auf Anhieb hingerissen. Während sonst sein erster Blick bei Frauen immer auf die Herzgegend zielte, fielen ihm bei Manuela Töcking zunächst die fast mandelförmigen braunen Augen auf, die ihn beunruhigt musterten. Dieser Blick hatte nichts mehr mit dem kommerziellen Lächeln zu tun, das auf Rankes Foto verewigt war.

»Kommen Sie«, sagte sie und strich sich eine Strähne aus dem Gesicht. Ihre Locken hatten die Farbe ihrer Augen und hingen feucht und ungekämmt bis auf die Schultern herab. Die vollen Lippen besaßen eine entfernte, aber sehr angenehme Ähnlichkeit mit dem Schmollmund, der einst eine französische Schauspielerin weltberühmt gemacht hatte. Sie mochte eine Handbreit größer sein als er und trug einen hautengen Hausanzug, wie man ihn nicht am Wühltisch fand. Als er sich an ihr vorbeischob, sog er den weichen Geruch eines warmen Körpers ein, der nach dem Bad noch nicht mit chemischen Präparaten mißhandelt worden war.

Sie deutete auf eine geöffnete Tür im Hintergrund. Mager durchquerte eine fast quadratische, als Eßzimmer genutzte Diele und betrat den Wohnraum. Weiße Wände, ein tempelartiges, in Schwarz gehaltenes Aufbewahrungselement für eine Musikanlage der Extraklasse, daneben fast zwei Quadratmeter schwarzer Ölkreide von Richard Serra, eine ausgedehnte Sitzlandschaft aus schwarzem Leder, das sich unter Magers Händen wie Samt anfühlte.

»Was wollen Sie?«

Ihre Stimme klang jetzt härter als am Telefon und an der Tür. Scheinbar souverän hatte sie sich ihm gegenüber niedergelassen, die Knie hochgezogen wie zu einem angenehmen Gespräch mit einer guten Freundin. Aber ihre Hände stemmten sich mit gespreizten Fingern wie zum Sprung auf den Sitz.

Mager zögerte. Bei der Absprache mit Saale hatte sich alles sehr einfach angehört. Aber Erpressung war wohl doch nicht das Geschäft, von dem er hätte leben können. Und vor ihm saß nicht irgendein Kunde oder gar ein Bulle, mit dem es einen Deal auszufeilschen galt.

»Also bitte!« sagte sie, ein wenig lauter und mit verhaltener

Schärfe. Wenn er weiter nur dasaß und das Blumenmuster auf ihrem Hausanzug studierte, hatte er seinen Anfangsvorteil bald völlig verspielt.

Er beugte sich vor und legte den mitgebrachten Briefumschlag auf den Rauchglastisch: »Ein letzter Gruß von Thorsten Ranke!«

Ihre Augen flackerten, aber die übrigen Reflexe hatte sie im Griff. Ohne Hast nahm sie das Kuvert auf und öffnete es so behutsam, als wäre er aus Pergament. Mit unbewegtem Gesicht starrte sie auf das Foto. Dann warf sie es verächtlich auf die Glasplatte zurück.

»Eine Nutte bei der Arbeit. Was habe *ich* damit zu tun?«

Ihre Stimme klang, als redete sie von einer Fremden. Mager nagelte seinen Blick an ihren Augen fest. Sie fühlte sich jetzt obenauf, war sicher, daß er nur bluffte.

Mager wußte es besser. Er faßte in die linke Außentasche seiner Jacke. Ein zweites, kleineres Foto segelte auf den Tisch. Die Aufnahme mit ihrem Gesicht. Noch bevor sie es in der Hand hielt, war ihr die Bestürzung anzusehen...

Sie stand auf und öffnete eine Vitrine aus Glas und schwarzem Stahl: »Whisky? Cognac? Calvados? Oder lieber einen trockenen Sherry?«

»Calvados...«

Sie goß ihm aus einer mattgrünen Flasche ein, nahm selbst eine hellere, mit Cognac. Soweit Mager es erkennen konnte, waren es die teuersten Labels einer bekannten Ladenkette für französische Getränke. Sie setzte sich auf den alten Platz und sah herüber, als hätte sich der Abstand zwischen ihnen verzehnfacht.

»Also gut«, sagte sie schließlich. »Was wollen Sie?«

»Wer hat Sie für den Job im 'Maritim' bezahlt?«

Sie trank und schwieg, schien Mager zu taxieren.

»Machen Sie keinen Fehler«, sagte Mager. »An diesen Fotos klebt Blut. Der Bulle, der in der Sache ermittelt, würde mir für das kleine Foto und Ihren Namen die Füße küssen…«

»Wenn ich Namen nenne, bin ich out.«

»Wenn ich Ihren Namen nenne, sind Sie' s auch.«

»Stimmt«, nickte sie und dachte wieder nach. Sie brauchte ziemlich lange, bis sie zu einer Entscheidung kam.

»Ranke«, sagte sie.

Mager lächelte. Seine Hand beschrieb einen Halbkreis durch das Zimmer: »Wer auf Rankes Niveau arbeitet, kennt so etwas nur aus dem Prospekt. – Wer?«

»Es war wirklich Ranke. Und er hat mich nach meinen Tarifen bezahlt…«

»Ganz schön bequem«, sagte Mager, »daß der Mann tot ist.«

»Etwas Schöneres kann ich Ihnen nicht bieten.«

Mager war da nicht so sicher. Aber er hätte sich lieber die Zunge abgebissen, als ein Wort zu sagen.

»Drei Fragen«, meinte sie und stellte sofort die erste: »Sie sind Journalist?«

Er nickte.

»Der Mann, der Ranke gefunden hat?«

»Ja«, sagte Mager, schüttelte aber sofort den Kopf: »Nicht wirklich. Gefunden hat ihn einer der Bullen, die mich da hochgenommen haben.«

»Und Sie wollen eine Story?«

Er nickte wieder.

»Die Story können Sie haben. Mit einer Einschränkung…«

Mager wartete.

»Keine Namen…«

Er grinste.

»Sehen Sie«, stieß sie nach. »Es gibt zwischen uns einen wesentlichen Unterschied…«

»Mir fällt ein halbes Dutzend ein. Welchen meinen Sie?«

Sie sah ihn wieder an, jetzt aber sehr viel weicher.

»Ganz einfach. Ich verliere meine Existenz, sobald ich einen Namen nenne. Aber Sie verlieren Ihre Existenz nicht, wenn Sie einen Namen nicht nennen.«

»Sie meinen *Ihren* Namen?«

»Ja«, sagte sie und stellte ihr Glas auf den Tisch.

»Aber dann ist die Story weniger wert.«

Sie stand auf: »Ich könnte Ihnen den Schaden ersetzen.«

»Vielleicht«, sagte er und stellte sein Glas auch auf den Tisch.

»Können Sie Ihren Verlust in Ziffern ausdrücken?« fragte sie und strich sich die widerspenstige Strähne aus dem Gesicht.

»Einen Tausender«, sagte er und lehnte sich bequem zurück. »Mindestens...«

Sie kam um den Tisch herum und kauerte sich neben ihn auf die Couch, sah ihm groß ins Gesicht: »Da wüßte ich was...«

»Was denn?« fragte er und berührte mit den Fingerspitzen diese Strähne.

Sie lächelte und ließ ihre Hand über sein Gesicht gleiten: »Sagen – oder tun?«

»Tun«, sagte er.

32.

Beim »Köpfen« ist aber Vorsicht geboten. Der kurze sichere »Hieb« ist nicht jedermanns Sache und vor allem Kindern abzuraten; denn nur der Sichere vermag rechtzeitig vor Erreichen der anderen Seite abzubremsen. Wer kein Risiko eingehen will, »köpft und pellt« – und legt aus geschmacklichen Gründen Wert darauf, den Inhalt mit einem Löffel zu genießen, der nicht oxydiert...

Saale gähnte und ließ das Buch sinken. Eigentlich war ihm »Der schön gedeckte Tisch« ziemlich egal. Aber die Tageszeitung kannte er inzwischen auswendig, und das Lektüreangebot in Magers Handschuhfach war begrenzt. Außer diesem zweifelhaften *Ratgeber für die Freunde einer fröhlich-lebendigen Tafelkultur* gab es nur noch die Reparaturanleitung für den Lada und eine Fußballzeitung aus dem Gründungsjahr der Bundesliga. Dann schon lieber etwas fürs Leben…

Eine halbe Stunde zuvor hatte Saale zum erstenmal mit dem Gedanken gespielt, den Kiosk im nahen S-Bahnhof anzusteuern und sich mit neuem Lesestoff einzudecken. Aber wenn heute in dieser Straße überhaupt noch etwas passierte – dann sicher genau in den fünf Minuten seiner Abwesenheit.

Saale schaute auf die Uhr. Vor mehr als einer Stunde war Mager drüben im Hauseingang verschwunden. Der lange Hamburger konnte sich nicht vorstellen, was sich die beiden da oben so lange zu erzählen hatten. Außerdem hatte Mager ihm hoch und heilig versprochen, bei Manuela »rein dienstlich« vorzugehen…

Seufzend nahm Saale das Buch wieder auf und widmete sich dem Kapitel »Knigge fürs Tischdecken«, Abteilung Kaffeetafel. Die Tischdecke dürfe, hieß es da, ruhig kräftig gemustert sein, wenn sie aufs Porzellan abgestimmt sei. Saale hatte das beruhigende Gefühl, daß ihm mit dieser Erkenntnis nichts Böses mehr im Leben widerfahren könne.

Als er sich bis zur Gartengrillparty durchgekämpft hatte, wurde die Beifahrertür aufgerissen. Mager ließ sich mit einem so gewaltigen Schwung nieder, daß die Stoßdämpfer ächzten.

»So was habe ich gerne«, sagte er grinsend. »Mich hätten sie tot aus dem Haus tragen können, und du liest. Was hast du denn da für einen Scheiß?«

Saale reichte ihm die Lektüre. Mager warf einen kurzen Blick auf den Titel und feuerte das Buch nach hinten, in den Kofferraum: »Mechthilds neue Masche. – Fahr los!«

»Wie bitte?«

»Du sollst losfahren!« wiederholte Mager fröhlich. »Wir sind hier fertig.«

Holger Saale musterte den Kameramann mißtrauisch. Er hatte ihn selten so aufgekratzt und übermütig gesehen. Seine Wangen waren, soweit der Bart das erkennen ließ, leicht gerötet, und in seinen Augen lag ein stiller Glanz. Vor allem aber roch er jetzt nach einem ganz anderen Deo als vor zwei Stunden.

»Du Arsch!« platzte Saale heraus. »Ich sitze mir in diesem Luxusauto das Rückgrat krumm, und du schmeißt dich an eine Nutte 'ran...«

»Bitte, Holger. Deine Ausdrucksweise verletzt mich!««

»Verstehe«, nickte Saale. »Der Herr hat eine Romanze. Ist frisch verliebt und reicht die Scheidung ein...«

»Mach mich nicht an!«

Schweigen.

»Ich kann auch mit der S-Bahn fahren«, drohte Mager endlich.

»Mach doch! Dann filme ich sie eben alleine, wenn sie 'rauskommt!«

»Wie bitte?« Mager fuhr hoch. »Hier wird nicht gefilmt. Manuelas Name bleibt 'raus!«

»Und warum?« fragte Saale.

»Weil ich's so vereinbart habe!«

Saale faßte sich an den Kopf: »Bist du krank? Oder bei der Heilsarmee? Wir recherchieren einen Mord, und du läßt dich auf einen Deal mit einer Nutte ein, die in die Geschichte verwickelt ist?«

»Bitte, Holger...«

Weitere fünf Minuten Pause. Mager warf eine halb gerauchte Zigarette aus dem Fenster und zündete sich sofort eine neue an. Dann sagte er: »Außerdem können wir in einer Straße wie dieser nicht mit der Kamera herumstehen...«

Sie holten die Ausrüstung aus dem Kofferraum, verstauten

den Aufnahmerecorder hinter dem Rücksitz und deckten ihn mit der Sportzeitung ab. Die Kamera nahm Mager auf den Schoß und legte eine Decke darüber. Seine rechte Hand ruhte am Power-Schalter.

»Du siehst aus wie ein Auto-Wichser«, kicherte Saale.

Mager grinste.

»Und jetzt erzähl mal. Für wen arbeitet sie?«

»Sie schafft auf eigene Rechnung an…«

»Ich meine den Job im *Maritim*!«

»Ranke«, sagte Mager. »Fünftausend cash im voraus und die Zusicherung, daß sie auf den Fotos niemand erkennen kann. Dann hat er sie mit zu der Fete geschleift. Während sie Stankowski bedient hat, stand Ranke im Schrank…«

»Und Roggenkemper? Die Schwarzhof? Golowski?«

»Kennt sie nicht…«

Saale schwieg erschüttert. Nach einer lange Pause fragte er behutsam: »Und das hast du ihr geglaubt?«

Der Kameramann stöhnte: »Ich kann dir nur erzählen, was sie mir erzählt hat.«

»Du bist ein Idiot!« schrie Saale. »Sie schiebt alles auf einen Toten ab und deckt jemanden. Mensch, überleg doch mal: Wie soll ein Typ wie Ranke an fünftausend Schleifen kommen?«

»Stimmt. Aber das zeigt doch nur, daß im Hintergrund jemand die Fäden zieht, den wir alle noch nicht kennen…«

»Und für dieses sensationalle Interview hast du eine Stunde und fünfundvierzig Minuten gebraucht?«

Mager entschloß sich, die Frage zu überhören.

Die nächste Stunde verbrachten sie vor allem schweigend. Saale informierte sich über Ätzkanten, Goldreliefverzierungen und Kobaltdekore bei Geschirr, Mager studierte die Fassade des Altenstifts, das neben Manuelas Wohnung lag, und badete ansonsten in Erinnerungen. Plötzlich ertönte draußen Geschrei.

Der Kameramann schrak hoch, und die Hand am Powerschalter zuckte. Aber es war falscher Alarm.

Vor dem Altenstift waren zwei Pflegerinnen in weißen Kitteln bemüht, einen alten Mann einzufangen, der im Bademantel über die Straße lief. Erst nach einer ganzen Weile ließ er sich davon überzeugen, daß es woanders für ihn kein Zuhause mehr gab.

»Meine Fresse«, sagte Mager, »wer weiß, wie wir in dreißig Jahren drauf sind...«

»Guck lieber mal nach vorn!«

Oben, an der Querstraße, war ein weißer Mercedes aufgetaucht. Der Wagen stoppte einen Augenblick – offensichtlich hielt der Fahrer Ausschau nach einem freien Parkplatz. Als er in das höher gelegene Teilstück der Straße einbog und sich halb auf den Bürgersteig setzte, schrie Saale auf. Das Kennzeichen hatte offenbar vorne zwei Buchstaben und bestand nach dem Bindestrich nur aus Ziffern...

»Das kann nicht wahr sein«, flüsterte Mager. »Holger. Mach den Recorder an!«

Saale fegte die Sportzeitung weg und drückte den Power-Knopf. Es dauerte eine Ewigkeit, bis Leben in das Aufnahmegerät kam.

»Alles klar!«

Sie starrten die Straße hoch. Ein kleiner Mann mit kurzem Haar stieg aus dem Benz, rückte seine Krawatte zurecht und kam auf der anderen Seite den Bürgersteig herab. Für jemanden mit so kurzen Beinen schaffte er ein beachtliches Tempo.

Mager hob die Kamera und ließ laufen. Die Gestalt auf der anderen Seite verschwand mehrfach hinter geparkten Autos, tauchte aber sofort wieder auf. Dann kletterte der Mann die überdachte Vortreppe hinauf. Als er das Klingelbrett studierte, hatte Mager sein Gesicht voll im Bild. Er setzte die Kamera erst ab, als sich die Tür geschlossen hatte. Seine Stirn war naß von Schweiß.

Mit süffisantem Lächeln ließ Saale ihn zu Atem kommen, ehe er es seinem Kumpel heimzahlte: »Wie war das noch? Manuela kennt Roggenkemper nicht?«

33.

Der Freigrafendamm in Altenbochum war ein wenig zu kurz ausgefallen, um die Bezeichnung Allee zu verdienen. Wer sich von der geraden Linienführung täuschen und zum Rasen verleiten ließ, landete schneller auf dem Hauptfriedhof, als er es erwartet hatte. Nämlich nach rund siebenhundert Metern.

Saale befand sich nicht in dieser Gefahr. Er studierte die blauen Namensschilder an den Querstraßen und bog noch vor den Friedhofsgärtnereien ab. Das Haus mit der Aufschrift »Gemeinnützige Bochumer Wohnungsbaugesellschaft« war nicht zu verfehlen.

»Wenn es ein Hintergrundgespräch bleibt, okay«, hatte ihm Golowski am Telefon gesagt. »Aber ansonsten...«

Saale hatte zugestimmt. Golowski war ein vielbeschäftigter Mann, und es hatte erst der Vermittlung Hugenbergs bedurft, bis sich der Bochumer zu dem Gespräch herabließ. PEGASUS war eben nicht der WDR.

Fünf Minuten vor der vereinbarten Zeit stand Saale im Vorzimmer einer attraktiven Sekretärin im schwarzen Mini gegenüber.

»Ich bin mit Herrn Golowski verabredet!« teilte er ihr unaufgefordert mit und versuchte sein wärmstes Lächeln.

»Der Mann vom Fernsehen?«

»Richtig!«

Sie öffnete die dicke Polstertür und meldete ihn an. Nach zehn Sekunden war sie zurück.

»Gehen Sie ruhig durch«, flötete sie. »Herr Golowski erwartet Sie!«

Saale schwebte davon.

Golowski empfing ihn mit kräftigem Händedruck. »Ich hoffe, Sie hatten nichts dagegen, daß wir uns hier treffen. Im Rathaus bin ich eigentlich nur zu meinen Fraktionssitzungen und um mein Abgeordnetenmandat wahrzunehmen. Mein Geld verdiene ich hier…«

Er bot Saale einen klobigen Sessel, eine Kaffeetasse aus schlichtem Meißener und einen Cognacschwenker mit dem Volumen eines Medizinballs an. Die polierte Schreibtischplatte war so leer, daß Golowskis Angetraute in ihrem Messingrahmen vor Einsamkeit fror; die lederne Postmappe auf dem Beistelltisch litt an Schwindsucht, und die wenigen Ordner in den Regalen schienen mehr Sprit als Papier zu enthalten.

»Unser gemeinsamer Freund Hugenberg hat uns von Ihrer verdienstvollen, wenn auch vergeblichen Arbeit berichtet. Auch von meiner Seite zunächst herzlichen Dank«, strahlte Golowski. Er öffnete sein Jackett, ließ sich auf seinen Sessel fallen und hob sein Glas..

»Wenn ich Ihnen jetzt im Gegenzug mit meinem Wissen über das TRC-Projekt behilflich sein kann, ist das nur selbstverständlich. Parteifreunden helfe ich immer gerne.«

Saale ließ die Vermutung unwidersprochen und kramte seinen Schreibblock heraus.

Entsetzt hob Golowski die manikürten Hände: »Was ich Ihnen heute sagen kann, ist nicht für die Kladde. Wir hatten doch Vertraulichkeit vereinbart!«

»Ich habe auch nur ein paar Fragen notiert.«

Dagegen hatte Golowski nichts einzuwenden. Er lehnte sich zurück und gab Saale das Startzeichen.

»Durch die Ereignisse der letzten Woche klebt leider Blut am TRC-Projekt. Was uns Journalisten interessiert: Was kann eine Politikerin wie Frau Schwarzhof dazu gebracht haben, mit den schmutzigen Fotos zu arbeiten? Ist das der neue Stil im Wahlkampf? Sind es Hattingens Interessen am TRC? Oder nur persönliche Motive?«

»Das waren gleich vier Fragen«, lächelte Golowski und bot Saale aus einem versilberten Etui eine Zigarette an. Als der Besucher ablehnte, fingerte sich der Fraktionsvorsitzende ein Exemplar heraus und betrachtete es von allen Seiten, als handelte es sich um eine Schnitzarbeit aus Elfenbein. Mit dem Resultat zufrieden, zündete er es an und sog genußvoll den Rauch ein. Der Mentholgeruch wehte bis zu Saale hinüber.

»Ich werde Ihnen nicht weismachen wollen, daß es im Ruhrgebiet keinen Konkurrenzkampf um das TRC-Projekt gäbe«, fuhr er fort. »Aber wir sind, um das klarzustellen, auch nicht in Chikago oder Detroit...«

Saale nickte. Diese Städte hatte er auf den Wegweisern in Richtung Bochum auch nicht gefunden.

»Aber«, meinte Golowski und sang Saale dann das Lied vom leidgeprüften Dasein eines Kommunalpolitikers: Die Kassen seien leer, und die Bundesregierung lasse die Städte und Gemeinden im Regen stehen...

Er wedelte ein störendes Rauchwölkchen beiseite, ohne seinen Vortrag zu unterbrechen.

Die einzig nennenswerte Einnahmequelle der Kommunen bleibe die Gewerbesteuer, und so müßten alle um neue Investoren buhlen. Allein das TRC schaffe mehr als tausend Arbeitsplätze und könne zehntausende auf Jahre sichern, da in seinem Sog auch andere Firmen kämen...

Saale nickte wieder und heuchelte Interesse. Aber was Golowski da herunterbetete, hatte er schon von Stankowski und von der Schwarzhof gehört. Es stammte zum größten Teil aus der PR-Mappe der Bankengruppe aus Luxemburg.

Aus all diesen Gründen, erläuterte der Fraktionschef nun, stünden die Kommunalpolitiker unter einem enormen Erfolgszwang. Wer eine Chance auslasse, das TRC in seine Stadt zu holen, den wollten alle schlachten: Die eigene Partei und der gesamte Stadtrat, das Baugewerbe und der Handel, die Gewerkschaften und Verbände...

»Da hört es dann, leider Gottes, mit der vielbeschriebenen

Solidarität der Revierstädte oft auf«, schloß Golowski seinen Monolog und breitete seine Arme aus, als bitte er um Vergebung für alle Sünden, die er im Kampf um das TRC begangen hatte.

»Diese Darlegungen kippen aber Ihre Einleitung wieder um«, meinte Saale. »Wenn das TRC solch eine Bedeutung hat, müßten alle Konkurrenten bis aufs Messer darum kämpfen.«

»Das ist mir nun etwas zu drastisch formuliert«, wiegelte Golowski ab.

»Aber genau diese Version verbreitet Herr Roggenkemper«, sagte Saale und riskierte es: »Vor allem Sie, behauptet er, arbeiteten dabei nicht nur mit erlaubten Tricks...«

Golowski zeigte seine makellosen Zähne: »Roggenkemper ist, unter Freunden gesagt, der gerissenste Hund westwärts des Urals. Wer wohl hat den Luxemburger Kundschaftern wochenlang eine Privatvilla mit Bedienung zur Verfügung gestellt? Wessen Bauausschuß hat, kaum daß die Bildzeitung mit dem Stankowski-Foto am Kiosk hing, nach Luxemburg telegrafiert? Wer läßt mit Hochdruck das Zechengelände an der B 235 sanieren? Und wer hat den Luxemburgern einen Spottpreis für Energie versprochen?«

»Das waren auch vier Fragen«, lächelte Saale.

»Falsch, mein Freund: Das waren vier Informationen...«

Golowski dachte nach und schüttelte den Kopf: »Roggenkemper kann mich nicht anpinkeln. Der hat genug Partisanen im Einsatz...«

Auf solch ein Stichwort hatte Saale gewartet. Er griff in seine Aktenmappe und ließ das Foto von Manuela Töcking über den Schreibtisch gleiten: »Gehört diese Dame auch zu Roggenkempers Partisanentruppe?«

Golowski schnappte nach dem Foto und taxierte es wie der Metzger das Lamm.

»Kenne ich diese Frau?«

»Sollten Sie. Von Stankowskis Party in Gelsenkirchen...«

»Stimmt. Jetzt erinnere ich mich. Ein bemerkenswertes Geschöpf. Sehr attraktiv…«

»Sie kreuzte dort mit Ranke auf…«

»Gut möglich…«

»… und landete auf Stankowskis Couch!«

»Das weiß inzwischen halb Europa!«

Golowski bleckte wieder seine Zähne und zündete sich eine neue Zigarette an.

»Im Ernst: Halten Sie es für möglich, daß Roggenkemper auf diesem Wege Stankowski aus dem Weg räumen wollte?«

Golowski seufzte, als müsse er mit seinem Gewissen ringen. Schließlich sagte er: »Ich möchte keine Retourkutsche fahren. Aber Roggenkemper ist alles zuzutrauen… Das ist aber nur meine persönliche Meinung, und ich habe das nie gesagt, wenn Sie wissen, was ich meine.«

Der PEGASUS-Reporter wußte es. Er streckte die Hand wieder nach dem Foto aus, doch Golowski war noch nicht fertig: »In der Zeitung war aber ein anderes Bild, oder?«

Saale nickte.

»Und wie kommen Sie an dieses Motiv?«

Saale grinste: »Journalisten haben ihre Geheimnisse.«

»Klar«, lächelte Golowski zurück. »Aber kann Ihnen diese Dame nicht weiterhelfen? Schließlich müßte sie am besten wissen, wer Stankowski die heiße Nacht spendiert hat…«

»Nutten haben auch ihre Geheimnisse!« meinte Saale und steckte das Foto vorsichtig in seine Mappe zurück, bevor er die letzte Frage abschoß: »Sagen Sie, Herr Golowski. Wie wollen Sie es anstellen, bei den Wahlen zum Bezirksvorsitzenden einen solchen Fuchs wie Roggenkemper auszustechen?«

Golowski lachte: »Politiker haben erst recht ihre Geheimnisse.«

34.

Am Mittwoch gab sich der Himmel alle Mühe, PEGASUS für die irdischen Mühen und Verluste zu entschädigen. Es war warm und wolkenlos, und Susanne Ledig trieb die Truppe um kurz nach zehn zu den überfälligen Außenaufnahmen nach Datteln.

Den ersten Stopp machten sie, um das Ortseingangsschild zu filmen, den zweiten auf dem Kaufhaus-Parkplatz am Anfang der Zechenstraße, um zu prüfen, ob das Bergwerk Emscher-Lippe wirklich aus Ruinen auferstand. Ein wunderschönes Bauschild schien zu bestätigen, was Saale am Vortag von Golowski erfahren hatte: Das Zechengelände sollte entgiftet werden, die Investoren durften kommen.

Während sie ihre Ausrüstung aus dem Kofferraum hievten, bemerkte Mager, wie Saale zur anderen Straßenseite hinüberschielte. Dort wohnte eine ausgesprochen nette Bürgerin der Kanalstadt. Bei ihrem ersten Datteln-Abenteuer vor zwei Jahren hatte sie PEGASUS rein dienstlich und Saale sehr privat enorm geholfen…

»Komisch«, meinte Saale.

»Was?«

»Golowski hat was von Arbeiten unter Hochdruck erzählt.«

Wie immer benötigte Mager einige Augenblicke, um in die harte Gegenwart zurückzufinden.

»Und?« fragte er schließlich.

»Siehst du was davon?«

Susanne und Mager guckten sich die Augen aus, aber das Gelände lag offenbar so tot wie eh und je.

»Roggenkemper blufft!« vermutete Mager. »Der will mit dem Schild nur Gelder loseisen! «

»Müssen wir recherchieren«, entschied Susanne, die solche Spekulationen nicht ausstehen konnte, und holte ihren Notizblock ’raus.

»Weiter!«

Zwei Stunden später hatten sie den Innenstadtbereich und das Rathaus abgegrast und gönnten sich am Rande der Fußgängerzone Gyros und Souwlaki.

Punkt halb drei scheuchte Susanne die Männer wieder hoch: Filme von Datteln ohne den Kanal und die Schleusen waren wie Suppe ohne Fett. Ohne Gnade trieb sie ihre Truppe durch die Nachmittagshitze: Ausladen, aufbauen, Blick durchs Okular, Kamera verrücken, erneute Prüfung, Shot, abbauen, einpacken, hundert Meter weiter das gleiche Spiel... Als sie kurz vor fünf den Punkt erreichten, an dem der Dortmund-Ems-Kanal in Richtung Nordsee abzweigte, war Mager restlos platt.

»Macht schon!« sagte Susanne, nachdem die drei einige Augenblicke im Schatten den weiten Blick aufs Wasser genossen hatten. »Noch einen schönen Schwenk von den Bunkerbooten zu den Schwänen – dann gibt es Eis.«

Zehn Minuten später hatten sie die Aufnahme im Sack. Während Susanne und Saale einpackten, stellte sich Mager an den Rand des breiten Damms, der den Kanal daran hinderte, Datteln zu überfluten. Nach einem sichernden Blick in alle Himmelsrichtungen steuerte er seinen Anteil dazu bei, daß die Gräser an der Böschung nicht verdursteten. Am liebsten hätte er auch noch auf den alten Minensucher geschifft, den Roggenkemper am Fuße des Dammes hatte aufbocken lassen – aber so weit reichten seine Kräfte nicht.

Als er den Reißverschluß hochzog, hörte er unten Motorengeräusch. Ein blauer VW-Bus fuhr auf das Gelände und hielt neben dem Bug des Bootes. Zwei kräftige Typen stiegen aus, öffneten die Seitentür und luden aus, was sie an Schätzen mit sich führten: Grillkohle, Päckchen mit eingeschweißten Würstchen, Gurkengläser. Als einer der beiden Männer sich aufrichtete, um den Schweiß aus der Stirn zu wischen, wich Mager einen Schritt zurück. Das gab's doch nicht!

Er rannte zum Wagen, wo die anderen schon warteten.

»Kommt mal mit!« rief er und senkte dann die Stimme, als ob die Männer am Boot ihn auf diese Entfernung hätten hören können. »Ich zeig' euch mal was!«

»Ich weiß, was da unten ist«, sagte Saale gelangweilt. »Roggenkemper hat da seine Kriegsmarine stationiert. Zeigst du mir jedesmal, wenn wir...«

»Idiot!« fuhr Mager dazwischen und wandte sich an Susanne: »Da unten sind zwei Freunde von uns!«

Seufzend stieg sie aus und kam mit. Sonderlich eilig hatte sie es dabei nicht. Mit mäßigem Interesse spähte sie durch die Büsche. Doch als sie den schnauzbärtigen Typen sah, der jetzt auf dem Deck des Minensuchers herumhantierte, ging auch sie in Deckung: »Das sind sie!«

»Und jetzt?« fragte Saale.

»Die Bullen holen!« flüsterte Mager.

Susanne schüttelte sofort den Kopf: »Bloß nicht! Glaubst du, ein Dattelner Bulle macht etwas gegen den Marineverein? Hol' die Kamera!«

»Ich bin doch nicht lebensmüde!« protestierte Mager. »Wenn ich mich mit da vorne hinstelle und filme, haben die mich am Arsch, bevor wir wieder einladen können...«

Unten wurde ein VW-Motor gestartet.

»Verdammt, die hauen ab!«

Sie spurteten zum Wagen und warfen sich hinein. Saale wendete mit rauchenden Reifen und stochte den holprigen Kanalweg hinunter. Der Lada sprang wie ein Böckchen. Als sie am Minensucher durch die Kurve zogen, verschwand der blaue Bus bereits nach links in der Höttingstraße.

»Tempo!«

Saale gab Gas, stoppte kurz an der Ausfahrt und beschleunigte erneut.

»Nicht zu dicht 'ran!« warnte Mager von hinten.

»Weiß ich doch!«

Sie folgten dem Wagen bis in die Beisenkampsiedlung. Am Anfang der Westfalenstraße leuchteten die Bremslichter des Bullis auf, und der Fahrer zog den Wagen hart nach rechts.

»Fahr vorbei!« zischte Mager und duckte sich zur Seite weg. Hoffentlich schaute der Typ nicht herein!

Als Saale endlich stoppte, richtete sich der Kameramann wieder auf und blickte suchend die Straße entlang. Der Bulli stand vor einem frisch renovierten Zechenhaus, und der Fahrer eilte bereits durch den Vorgarten auf den Windfang zu.

»Den Recorder anschließen!« zischte Susanne, während der Schnauzbart bereits auf die Klingel drückte.

Mit zitternden Fingern stöpselte Mager die Leitung ein und zog die Kamera zu sich auf den Rücksitz.

»Die Scheibe ist viel zu dreckig. Das wird nie was!«

Saale schaltete den Heckscheibenwischer ein und drückte auf den Knopf der Waschanlage. Der Pumpenmotor heulte auf, aber aus der Düse plätscherte nur ein schmales Rinnsal, das die Scheibe nicht mehr erreichte.

»Dann mach' die Tür auf!« zischte Susanne und ruckelte mit ihrem Sitz weit nach vorn, um Mager Platz zu machen. Mit verrenktem Kreuz drückte er sich gegen ihre Rückenlehne, während sein Heck über dem Fußraum schwebte. In dieser Lage hatte er kaum noch die Kraft, um die Kamera anzuheben.

»Wunderbar!« ächzte er. »So halte ich es Stunden aus!«

Doch das blieb ihm erspart.

Die Haustür öffnete sich wieder, und der Schnauzbärtige kam heraus. In Kiellinie folgte ihm ein älterer Mann mit viel zu kurzen Beinen. Zehn Sekunden lang hatte Mager die Herren voll im Visier.

35.

»Wieviele Beweise wollt ihr denn noch?« schrie Mager und hämmerte mit der Faust auf den Tisch. »Für meine Begriffe ist Roggenkemper reif!«

»Aber ob deine Begriffe stimmen, muß sich erst noch herausstellen!« entgegnete Susanne. Ihre schmalen Lippen zeigten, daß sie sich Mühe gab, nicht zurückzuschreien.

»Denk doch mal nach, Mädchen! Wer hat uns die Schläger auf den Hals geschickt? Wer ist am Mordtag bei Ranke vorgefahren? Wer hat mich neben der Leiche von den Bullen hochnehmen lassen? Wer steckt mit Manuela Töcking unter einer Decke?«

An diesem Punkt der Anklagerede schneuzte sich Saale mit einem kräftigen Trompetenstoß die Nase und schielte Mager über das Taschentuch hinweg an. Der Kameramann verstummte und warf dem Kumpel einen drohenden Blick zu.

»Klaus, das paßt doch alles nicht«, sagte Susanne und bog den Daumen hoch. »Erstens: Wenn Roggenkemper und Manuela zusammenarbeiten – warum läßt er dann ihre Adresse mit solch einem Einsatz klauen? Spricht das nicht eher dafür, daß er sie nicht kannte, aber unbedingt von ihr was wissen wollte?«

Mager seufzte, während Susanne den Zeigefinger ausfuhr: »Zweitens. Daß Roggenkemper Ranke umgebracht hat, ist nicht erwiesen.«

Erneut fuhr der Kameramann hoch: »Aber Roggenkemper war an Rankes Wohnung und hat mich an die Bullen verpfiffen. Ich habe seine Stimme doch auf Lohkamps Tonband erkannt...«

»Drittens«, machte Susanne unerbittlich weiter. »Der Mensch von der *Rundschau* hat dir doch erzählt, daß Roggenkemper nach Stankowskis Zusammenbruch Kopien von Fotos gemacht hat. Du behauptest, das wären die Stankowski-

Aufnahmen. Das hätte Roggenkemper doch gar nicht nötig gehabt, wenn er der Anstifter gewesen wäre.«

»Stimmt«, gab Mager zu, hob aber sofort die Cassette mit den neuen Aufnahmen von Datteln hoch. »Hier ist doch der Beweis: Roggenkemper kennt die Schläger aus dem blauen VW-Bus. Und derselbe Wagen stand doch in Herten vor Rankes Wohnung...«

»Das letzte kannst du nicht beweisen«, entgegnete Susanne.

»Und was ist mit dem zweiten Mann, der die fünfzigtausend Schleifen in Wanne kassiert hat?« brauste Mager auf.

»Hör mal«, meinte Saale. »Du glaubst doch nicht im Ernst, daß Roggenkemper›nachts auf einem bepißten Güterbahnhof herumschleicht, um Erpressergelder einzusammeln?«

Kopfschüttelnd sah Mager aus dem Fenster und suchte nach neuen Argumenten. Aber ihm fiel nichts ein. Mit Halbiodioten, dachte er, kann man sowieso nicht reden.

»Wie ist das, Klaus«, fragte Saale. »Willst du es nicht doch noch einmal bei Manuela versuchen? Vielleicht ist sie jetzt bereit, mehr zu sagen!«

Mager wartete noch eine Schamfrist von höchstens zehn Sekunden ab, dann drückte er sich mit Leidensmiene aus dem Sessel hoch. Bevor er nach nebenan verschwinden konnte, hielt ihn Karin fest: »Und ruf' auch gleich bei Lohkamp an. Vielleicht haben die Fingerabdrücke auf Roggenkempers Memoiren was gebracht...«

Bei Manuela Töcking ließ Mager es zweimal so lange durchklingeln, bis die Leitung automatisch unterbrochen wurde. Daß sie nicht da war, war sicher nichts Ungewöhnliches. Aber sie hatte vergessen, ihren Anrufbeantworter einzuschalten...

Er rief in Lohkamps Büro an, doch der Hauptkommissar war in irgend einer Besprechung. Achselzuckend legte Mager wieder auf begab sich ins Studio, in dem noch immer das

Chaos herrschte. Saale half ihm, die Regale wieder aufzubauen und die Cassetten und Filmrollen einzusammeln. Am Nachmittag wollte ein Techniker vom Sender vorbeischauen und sich die defekte Anlage ansehen. Falls sich irgend etwas flicken ließe, wollte er sein Bestes tun. Ohne Quittung natürlich...

Die Uhr ging schon auf Mittag zu, als er zum zweitenmal die Nummer des 1. K in Recklinghausen wählte.

»Herr Lohkamp ist nicht da!« verkündete ihm seine spezielle Freundin. »Und ich bin auch auf dem Sprung!«

»In die Kantine?«

»Nein, zu König Ludwig!«

Mager brauchte ein paar Augenblicke, bis er merkte, daß die Langer ihn nicht hochnehmen wollte.

»Welches Gelände?«

»Schacht IV/V. In Suderwich.«

»Und was gibt's da zu sehen?«

Die Kommissarin zögerte. Ob sie mitbekommen hatte, daß Lohkamp und Mager es wieder besser miteinander konnten, oder ob sie selbst etwas abarbeiten wollte, war nicht ganz klar. Das Resultat aber war dasselbe. Sie sagte: »Eine weibliche Leiche. Soll noch ziemlich jung sein...«

»Danke.«

Mager legte auf. Dachte nach. Grübelte. Trommelte mit den Fingerkuppen auf der Schreibtischplatte herum. Und schrie plötzlich los: »Holger, die Kamera. Komm mit!«

Die Fördertürme IV und V der Schachtanlage »König Ludwig« hatten am westlichen Ortsausgang von Suderwich gestanden. Nach der Schließung der Zeche im Jahre 1965 wurden die meisten Gebäude geschleift, und über viele hundert Meter dehnte sich nun eine Billig-Taiga aus Birken, Büschen und Kamillefeldern. Aber noch immer stand der größte Teil der mehrere Kilometer langen und mehr als zwei Meter hohen Zechenmauer, die in regelmäßigen Abständen mit kleinen Türmchen verziert war. Das ursprünglich helle Rot der Steine war längst unter jener Ruhrgebietspatina verschwunden, wie Sonne und Frost sie in Jahrzehnten aus Kohlenstaub und Regenwasser entstehen lassen.

Doch dafür hatte Mager jetzt keinen Blick.

Er prügelte den Lada durch die Katharinenstraße, als wäre sie eine Nebenstrecke des Nürburgrings, tauchte unter der Zechenbahn hindurch und jagte im Schatten eines künstlich angehäuften Gebirges aus verseuchter Erde zur Suderwichstraße hoch. An der »Mondgrotte« bog er in Richtung Recklinghausen ab, immer noch die dunkle Wand zu seiner Linken.

Ein paar hundert Meter weiter brach die Mauer ab. Eine Asphaltstraße führte auf das Gelände, auf dem neue Betriebe angesiedelt werden sollten. Doch auch die mühsam freigelegte zweite Schicht des Bodens war noch so vergiftet, daß darauf wohl Geschäftsräume, aber keine Hausmeisterwohnungen errichtet werden durften. So lag das Areal noch immer brach, und wenn sich doch einmal ein Lieferwagenfahrer in diese Wildnis verirrte, dann höchstens deshalb, um abseits des Straßenlärms in der Kabine ein, zwei Mützen Schlaf zu nehmen...

Mager setzte den Blinker, um auf das Zechengelände abzubiegen, doch die Einfahrt war von einem quergestellten Streifenwagen versperrt. Als er dennoch hinüberglitt und dicht vor der grün-weißen Kiste stoppte, sprang der Beamte heraus und zog die Uniformjacke glatt. Offenbar war er darauf aus, Mager zu zeigen, wer hier das Sagen hatte. Doch als Saale die Sonnenblende mit dem Presseschild herunterklappte und Mager Lohkamps Namen nannte, gab der Mann den Weg frei.

Im Wendehammer unterhalb des Giftgebirges herrschte Hochbetrieb. Mehrere grün-weiße und getarnte Polizeifahrzeuge, ein Erste-Hilfe-Wagen, rund zwei Dutzend Leute, darunter Lohkamp und die Langer. Sie alle blickten zum Akker hinüber, wo drei, vier Leute jede Kamillestaude einzeln untersuchten. Die Spezialisten von der Spurensicherung hatten sich jede Einmischung verbeten.

Sie sprangen aus dem Wagen und suchten Blickkontakt zu Lohkamp. Mit einer kaum wahrnehmbaren Kopfbewegung deutete der Hauptkommissar zu dem Krankenwagen hinüber. Von hinten wurde eine Zinksarg herangetragen.

Mager schulterte die Kamera und zog Saale mit dem Recorder hinter sich her. Erneuter Blickwechsel mit Lohkamp, dann gab der den Trägern einen Wink. Sie setzten das Behältnis ab und öffneten noch einmal den Deckel.

Automatisch hatte Mager Schärfe genommen und das Zoom betätigt, routinemäßig durchgepeilt, ob bildtechnisch alles in Ordnung war. Erst als die Kamera lief, konzentrierte er seine Aufmerksamkeit auf das Objekt im Fadenkreuz, wollte er wirklich *sehen*, was er da filmte.

Sekunden später stand er heulend und kotzend am Straßenrand.

36.

«Paßt«, nickte Lohkamp, nachdem ihm Saale vorgetragen hatte, was PEGASUS wußte.

»Was paßt?«

Der Hauptkommissar wedelte mit einem höchstens DIN A 6 großen Stück Karton, das der Deutsche Gemeindeverlag unter der Bestellnummer 115/0495 im Angebot hatte: Auf der Rückseite klebten drei Streifen Spurensicherungsfolie mit einem schwarzen Fleck in der Mitte.

»Diese Prints haben wir auch in Rankes Wohnung entdeckt.«

»Und woher haben Sie die da?«

»Von einem dicken Buch mit den Memoiren eines Kommunalpolitikers...«

Fast eine Stunde lang starrte Mager aus dem Fenster und schwieg. Manuelas entstelltes Gesicht im Zinksarg – dieses Bild wurde er einfach nicht mehr los. Er schrak erst hoch, als er im Nebenraum Roggenkempers Stimme vernahm. Sie hörte sich nicht so an, als hätte der Bürgermeister schon die Zahnbürste im Gepäck.

»Freut mich, daß Sie Zeit hatten, Herr Roggenkemper«, sagte Lohkamp. »Wie Sie wissen, bearbeiten wir zur Zeit den Mord an einem Hertener Journalisten, der auch für Sie gearbeitet hat.«

»Sie wollen doch nicht behaupten, mein Mandant könnte irgend etwas damit zu tun haben?« fuhr eine scharfe Stimme dazwischen. »Vielleicht sollten Sie...«

Saale zuckte zusammen: Daß mußte der untersetzte Anwalt mit Tonsur und Knebelbart sein, der Roggenkemper schon vor zwei Jahren im Fall Michalski vertreten hatte. Und im selben Augenblick packte ihn das beklemmende Gefühl, in eine Handlung versetzt zu sein, die er schon kannte: geträumt, auf der Leinwand gesehen oder selbst erlebt.

»Déjà-vu«, flüsterte er.

»Was ist?«

»Scht!«

»Herr Roggenkemper«, setzte Lohkamp erneut an, als der Advokat Luft holen mußte, »ich haben Ihnen einen ungewöhnlichen Vorschlag zu machen...«

»Ich weiß«, sagte Roggenkemper. »Ich habe das rote Russenauto unten gesehen...«

»Als Anwalt«, meldete sich der Knebelbart, »möchte ich doch dagegen Einspruch erheben, daß Journalisten bei einer polizeilichen Vernehmung...«

Lohkamp unterbrach ihn: »Von einer Vernehmung kann keine Rede sein. Ihr Mandant ist absolut freiwillig hier. Es handelt sich um ein vertrauliches Gespräch. Und wir alle sollten den beiden Herren von der Presse dankbar sein, daß sie mit den Ergebnissen ihrer Recherchen nicht gleich an die Öffentlichkeit…«

»Geschenkt!« knurrte Roggenkemper. Tuscheln, ein Feuerzeug klickte, kleine Pause, dann meldete sich der Igelkopf wieder: »Ich habe nichts dagegen…«

Zwei Minuten später hatte die ungleiche Runde sich in einem etwas größeren Besprechungszimmer zusammengefunden.

»Nun«, sagte Lohkamp, »die beiden Herren haben bei ihren Arbeiten einige Details gefunden, die uns schier unglaublich scheinen…«

»Unglaublich ist der richtige Ausdruck!« schnappte Roggenkemper zu und öffnete seinen Diplomatenkoffer. »Nur damit Sie sehen, wie glaubwürdig die beiden Herren sind, habe ich Ihnen einige Dokumente mitgebracht…«

Wie eine Serie Spielkarten blätterte er Lohkamp mehrere Klarsichthüllen wie auf den Tisch.

Mager sprang auf und blickte dem Polizisten über die Schulter. Das erste, was ihm auffiel, war das berühmte Foto aus seiner Heldenzeit: Susanne Ledig und er, fast achtzehn Jahre jünger, auf den Straßenbahnschienen vor der Reinoldikirche. Dann ein Flugblatt, das aus seinen Jahren an der Uni stammte. Daneben die polizeiliche Anmeldung eines Autocorsos gegen eine Waffenschau der Bundeswehr auf dem Marktplatz von Dortmund-Hombruch…

Die Papiere waren über fünfzehn Jahre alt und hatten eines gemeinsam: Unter allen stand Magers Name.

»Und über Herrn Saale haben Sie nichts?« fragte Lohkamp spöttisch.

Roggenkemper hob seine Nase: »Kostet mich nur einen Anruf!«

Bevor Saale etwas sagen konnte, fuhr der Bürgermeister fort: »Ich glaube, jetzt wissen wir alle, was wir von diesen beiden Herren zu halten haben…«

»Was haben wir denn von einem Mann zu halten«, entgegnete Lohkamp, »dessen Fingerabdrücke wir in der Wohnung eines Ermordeten gefunden haben?«

Roggenkemper stützte die Ellenbogen auf den Tisch und drückte die gespreizten Fingerkuppen gegeneinander. Seine Lippen produzierten ein schmatzendes Geräusch, dann faltete er die Hände: »Stimmt. Ich war bei Ranke. Weil ich ihm ins Gewissen reden wollte. Er hatte die Fotos gemacht, mit denen mein Freund Stankowski erpreßt wurde.«

»Woher wußten Sie denn, daß die Fotos von Ranke waren?«

Der Igelkopf lächelte: »Nun, ich habe eine Kopie des Erpressungsfotos. Und ich habe ein paar Aufnahmen, die Ranke in meinem Auftrag auf jener Konferenz in Gelsenkirchen geschossen hat. Alle Aufnahmen besitzen eine Gemeinsamkeit: einen winzigen Fehler, der von einem Schmutzpartikel auf dem Objektiv stammen muß...«

Mager.blickte ihn an.

»Ja, mein Lieber«, lachte Roggenkemper. »Sie haben, wie mir Herr Hugenberg erzählte, den Fehler auch entdeckt. Aber erst einen Tag nach mir...«

»Reden Sie sich bloß nicht heraus!« widersprach Mager. »Sie haben Ranke auf Stankowski angesetzt!«

»Aber bitte!« meldete sich der Knebelbart. »Müssen wir uns das anhören? Eine solche Unterstellung...«

Ein Wink seines Mandanten brachte ihn zum Schweigen: »Sie hören doch, Herr Mager. Ich wollte Ranke ins Gewissen reden und bin am Nachmittag zu ihm...«

»Nur am Nachmittag?« schrie Mager und sprang auf. »Am Abend auch! In aller Heimlichkeit! Sie haben Ihren Fahrer nach Hause geschickt und sind nach Herten gefahren, anstatt in Dülmen auf einer Parteiversammlung zu sprechen...«

»Woher wollen Sie das denn wissen?«

Mit fliegendem Finger blätterte Mager in seinen Unterlagen. Dann schob er die Kopie des Fahrtenbuches hinüber.

»Darf ich?«

Roggenkemper betrachtete das Blatt, studierte die Daten, zog seinen Terminkalender, rechnete nach – und lehnte sich genüßlich zurück: »Eine Fälschung!«

Mager lachte ihm ins Gesicht.

»Wirklich, Herr Mager, Sie sind einer Fälschung aufgesessen«, sagte Roggenkemper beinahe heiter.

»Können Sie das beweisen?« gab Saale seinem Kumpel Feuerschutz.

»Aber ja!« sagte Roggenkemper mit Nachdruck und griff wieder zu seinem Diplomatenköfferchen. Erneut holte er eine von diesen durchsichtigen Plastikhüllen heraus – er mußte eine ganze Jahresproduktion aufgekauft haben – und schob sie zu Lohkamp hinüber.

Mager beugte sich vor und erschrak. Es war ein Zeitungsbericht mit einem fünfspaltigen Schlagzeile: »Heiße Debatten bis Mitternacht.« Das Zweispaltenfoto darunter zeigte einen Mann mit Igelkopf, der streitlustig in die Kamera linste...

Es war, als fiele Mager ins Bodenlose. Eine ganze Weile betrachtete er das Foto und die Schlagzeile. Atmete tief durch und sah Saale an. Doch auch dessen Gesicht war blaß vor Entsetzen. Sah auf Lohkamp, die Langer, den Anwalt – und entdeckte das feine Lächeln in Roggenkempers Kateraugen. Und dann fiel der Groschen...

Hugenberg!

Auch Lohkamp hatte Mühe, sich wieder zu fassen. Er sah Roggenkemper eindringlich an: »Warum sind Sie nach dem Gespräch mit Ranke nicht zu uns gekommen? Vielleicht könnte er jetzt noch leben...«

Der Bürgermeister hob mit einer Geste, die Hilflosigkeit und wahre Tragik ausdrücken sollte, seine Hände.

»Wenn man alles vorher wüßte! Ranke hat geleugnet, der Erpresser zu sein. Da wollte ich abwarten, was der Versuch ergab, ihm eine Falle zu stellen. Herr Mager war ihm ja auf der Spur. Aber er hat ja auch die letzte Chance, die Angelegenheit friedlich zu regeln, versaubeutelt…«

»Versaubeutelt?« wiederholte Mager. Roggenkempers Anschuldigung weckte erneut seinen Kampfgeist. »Vermasselt wurde die Angelegenheit von demjenigen, der Frau Schwarzhof die Fotos zugespielt hat…«

»Mag sein, mag sein!« gab Roggenkemper zu. »Aber damit habe ich nun wirklich nichts zu tun! Oder wollen Sie mir das auch noch anhängen?«

»Ihnen was anhängen? Sie stecken doch überall drin«, erwiderte Mager und fühlte, wie er wieder festen Boden gewann. »Ihnen braucht man doch wirklich nichts anzuhängen! Was ist denn mit der Frau, die die Kripo heute morgen in Suderwich gefunden hat?«

Beunruhigt blickte Roggenkemper seinen Anwalt an, doch der war auch noch nicht informiert.

»Manuela Töcking!«

Die Augen des Bürgermeisters wurden eng.

»Wohnhaft in Essen-Werden, gefunden auf *König Ludwig IV/V*. Fast auf dem Weg nach Datteln…«

Zum erstenmal seit seiner Ankunft zeigte sich Roggenkemper nun unwirsch, ja ungehalten. Verärgert schüttelte er seine Bürste und blickte Mager böse an: »Junger Mann, Ihnen geht nun wirklich die Phantasie durch…«

Mager atmete durch und stand auf. Gab sich Mühe, den Triumph von seinem Gesicht zu fegen. Trat zu dem aufgebauten Videogerät und schaltete es ein. Drückte auf die Play-Taste. Ließ das Bild kommen und beobachtete Roggenkemper…

Als der Mann die stille Straße in Essen-Werden erkannte, zuckten seine Lider. Dann sah er sich selbst und wurde blaß. Verfolgte seine Schritte über die Vortreppe mit dem Regendach. Und preßte die Lippen zusammen, als der Roggenkemper auf dem Bildschirm in das schöne Haus ging…

Schweigen. Irgendwo im Haus hörten sie Stimmen und

laute Schritte, dann wurde es wieder stiller. Nur die Finger des Mannes mit dem Knebelbart spielten ein schönes Trommelsolo auf der Tischplatte.

»Ist das nicht seltsam?« fragte Lohkamp. »Wer Ihnen seine Wohnungstür öffnet, ist kurz darauf tot. Alles Zufall?«

»Also gut«, sagte Roggenkemper endlich und steckte sich einen Zigarillo an. Ein paar Sekunden lang hing sein Blick noch an dem Anti-Raucher-Plakat neben der Tür, als wäre es die Liste mit den Ergebnissen der kommenden Bundestagswahl.

»Dann geht es eben nicht anders.«

Wieder öffnete er seinen Aktenkoffer, aber es sah längst nicht mehr so gekonnt und lässig aus wie vor einer Stunde.

»Ich hatte gehofft, ich müßte es nicht tun«, sagte der Bürgermeister von Datteln. »Aber wenn mir jemand nun unbedingt einen Mord anhängen will...«

Er schüttelte den Kopf.

»Es ist mir zuwider, Parteifreunde zu belasten. Und ich hatte gehofft, er würde sich selbst stellen... Also, ich habe hier eine schriftliche Erklärung von Frau Töcking, ausgestellt am letzten Montag.«

»Fälschung!« hörte Saale sich sagen.

Roggenkemper lächelte: »Mein Freund – das ist keine Fälschung. Immerhin haben Sie selbst – oder Ihr Kollege mich dabei gefilmt, wie ich Frau Töcking besucht habe...«

Er stand auf, klappte seinen Koffer zu und gab dem Knebelbart einen Wink mit dem Kopf. Als er schon in der Tür stand, drehte er sich noch einmal um: »Netter Nachmittag, finde ich. Und Ihnen, Herr Mager, noch einmal meinen aufrichtigen Dank. Mit diesem schönen Film haben Sie selbst dokumentiert, daß der Lügner hier im Raum nicht Roggenkemper heißt. Falls ich mal etwas für Sie tun kann...«

»Und was steht in der Erklärung?« unterbrach ihn Lohkamp.

»Darin steht der Name des Mannes, der die Töcking dafür

bezahlt hat, sich zu Stankowski auf die Couch zu legen und sich dabei fotografieren zu lassen. Der Mann hat ein Wochenendhaus in der Brandheide, zwei Kilometer von *König Ludwig* entfernt.«

»Wer ist es?« fragte Lohkamp.

»Golowski!«

37.

Warum Lohkamp ausgerechnet diese Kneipe am alten Markt in Dortmund vorgeschlagen hatte, wußte Mager nicht. Aber vielleicht war auch dieser Bulle mal jung gewesen und hatte da oben auf der Empore gesessen und Händchen gehalten. Mager jedenfalls hatte – und es fielen ihm auf Anhieb vier Namen ein, die bei ihm immer noch einen guten Klang besaßen.

Er kletterte die hölzerne Treppe hoch und sah sich nach dem Hauptkommissar um. Als ganz hinten in der Reihe jemand den Arm hob und ihm zuwinkte, stutzte er: Schwarzes T-Shirt, eine ausgewaschene Jeansjacke, den Glimmstengel lässig in der Hand – Lohkamp war immer für eine Überraschung gut.

»Na, haben Sie sich einigermaßen von der Niederlage erholt?« fragte Lohkamp.

Mager verzog das Gesicht und setzte sich. Während die anderen am Schneidetisch den Dokumentarfilm über »Das Mordsgebiet« zusammenbastelten, sollte er Lohkamp die neuesten Informationen aus den Rippen leiern.

Die letzte Einstellung für den Film hatten sie vormittags bei der Pressekonferenz der Staatsanwaltschaft in Recklinghausen gedreht. Golowski hatte zugegeben, Ranke und Manuela Töcking getötet zu haben. Ursprünglich habe er Stankowski lediglich intern unter Druck setzen wollen. Aber Ranke hätte das große Geld gewittert, seine eigene Erpressung gestartet und sich geweigert, Golowski die bestellten Fotos auszuhändigen. Und bei dem daraus entstehenden Streit sei es halt passiert…

Lohkamp winkte der Kellnerin, die mit einem Tablett auf dem obersten Treppenabsatz stand und die Reihen entlang sah. Als sie an ihren Tisch kam, ergriff er zwei gefüllte Pilsgläser und stellte eines vor Mager ab.

»Wer bezahlt heute abend eigentlich?«

Mager grinste: »Meine Chefin hat mir einen Spesen- und Korruptionsfonds von fünfzig Mark bewilligt. Was darüber geht, bezahlen Sie!«

»Dann müssen wir uns beeilen. Meine Chefin holt mich um halb elf hier 'raus. Sie ist mit Nina im Kino. Nina ist unsere Tochter. Sechzehn…«

»Hat Golowski eigentlich der Schwarzhof die Fotos zugespielt?«

Lohkamp nickte: »Reines Ablenkungsmanöver. Nach dem Zwischenfall bei Ranke wollte er den Schwarzen Peter der Opposition zuschieben.«

»Was ich nicht verstehe«, meinte Mager. »Wieso hatte die Töcking keine Angst, Golowski in diesem abgelegenen Haus zu besuchen? Sie war die einzige, die ihn noch entlarven konnte. Und damit war sie in Lebensgefahr…«

Lohkamp blickte erst kurz zu den Nachbartischen hinüber, bevor er antwortete: »Das ist Roggenkempers Schuld. Ich habe ihn noch einmal offiziell einvernommen. Er hat ihr eingeredet, die Erklärung mit Golowskis Namen sei ihre Lebensversicherung. Aber er hat ihr nicht gesagt, daß sie ihm das auch rechtzeitig mitteilen mußte…«

»Letzte dienstliche Frage«, sagte Mager. »Warum hat Golowski das alles überhaupt eingefädelt? Er war auf dem Sprung zum Bezirkschef, hatte als Oberbürgermeister einen Trottel, der ihm aus der Hand fraß, und saß bei der *Gemeinnützigen* dick drin…«

Der Hauptkommissar zuckte die Achseln.

»Druck. Bochum – oder diese Baugesellschaft – haben sich mächtig in Kosten gestürzt. Haben neben der City riesige Industriegrundstücke angekauft, um dort das TRC zu bauen...«

Er trank und wischte sich den Schaum von der Lippe, bestellte mit Daumen und Zeigefinger eine neue Runde.

»Abriß, Sanierung und dieser ganze Scheiß kosten Millionen. Als klar war, daß Oberhausen wohl das Rennen machen würde, ist er ausgerastet. Ohne TRC war er erledigt...«

Ihre Biere kamen. Sie warteten, bis die Kellnerin weit genug weg war, dann schloß Lohkamp den offiziellen Teil des Abends ab: »Jetzt sitzt Roggenkemper in den Startlöchern. Er hat fast alles gewußt und wollte zugucken, wie Oberhausen abschmierte. Gleichzeitig hat er Munition gegen die anderen Konkurrenten gebunkert und darauf gelauert, Gowski in die Hand zu bekommen. Der Hebel dazu war Manuela Töcking. Und es ist ihm scheißegal, daß sie dabei draufgegangen ist.«

»Ich brauche jetzt einen Schnaps«, sagte Mager.

Lohkamp nickte.

Den ersten Klaren tranken sie schweigend.

Den zweiten auf die Gesundheit.

Den dritten auf die Zusammenarbeit.

Den vierten auf Susanne Ledig.

Den fünften auf Kommissarin Langer.

Den sechsten...

Wie die attraktive Blonde, die irgendwann neben ihrem Tisch aufkreuzt war, Lohkamp heil die Treppe hinunterbekam, registrierte Mager nicht mehr. Er hatte genug damit zu tun, den Taxifahrer davon zu überzeugen, daß es diese Ssseinnammersrasssse wirklich gab.

38.

Am Samstag abend versammelte sich die PEGASUS-Mannschaft bei Holger Saale in der Dachkammer. Bei Schnittchen und Sekt wartete sie vor der Glotze auf die »Aktuelle Stunde«.

Noch am Mittag hatten Susanne und Saale in Köln an ihrem fünfminütigen Report «*Das Mordsgebiet*» gefeilt. Der Beitrag war abgenommen und für den gleichen Abend eingeplant worden.

Als der Moderator beim Themenüberblick ihren Film nannte, griff die Chefin zum Sektkelch: »Leute – auf das beste Videoteam zwischen Rhein und Weser!«

Die Gläser klirrten.

Beitrag um Beitrag wehte vorüber, aber ihr Film kam nicht. Saale wurde blaß. Mager konnte nicht mehr sitzen, und Susanne biß sich die Fingerspitzen wund. Karin tröstete sie: »Das Beste kommt immer zum Schluß...«

Fünf Minuten vor Ende der Sendung kündigte der Moderator eine Live-Schaltung nach Castrop-Rauxel an.

»Die haben uns rausgeschmissen!« schrie Susanne, während eine Reporterin im Bild erschien.

...heute auf dem Parteitag ihres mächtigsten Bezirksverbandes eine neue Führung gewählt. Bei der Verkündung des Wahlergebnisses bewies die Kongreßregie Sinn für Höhepunkte. Anders als sonst wurde zuerst der stellvertretende Vorsitzende präsentiert.

Das Bild wechselte.

Mager sprang auf, als er den Mann erkannte: »Hugenberg...«

...erzielte das beachtliche Ergebnis von 86 Prozent der Stimmen. Ihm fiel die Ehre zu, den neuen Bezirkschef vorzustellen.

Die Kamera zoomte ihn heran, bis er sein Lächeln in Saales Stube spucken konnte.

»Liebe Freunde! Mit dem überwältigenden Ergebnis von 94,8 Prozent der Stimmen haben wir alle einen Mann gewählt, dem das

Wohl der Gesamtpartei stets am Herzen lag. Ein Mann, der gerade in den letzten Wochen wie kein anderer bewiesen hat, auf welche Werte es uns ankommt: Ehrlichkeit, Menschlichkeit und Solidarität.«

»Pegasus«-Krimis von Ard & Junge

Das Ekel von Datteln
1. Band ISBN 978-3-89425-426-1
»Gründlich ausrecherchiert – darum sehr realitätsnah – ist die Szenerie an den Schauplätzen des kriminellen Geschehens.« Ruhr-Nachrichten

Das Ekel schlägt zurück
2. Band ISBN 978-3-89425-010-2
»Tempo, Spannung, der milieusichere Blick in die rauhe Herzlichkeit des Revier-Genossen-Filzes.« Manfred Breuckmann/WDR

Die Waffen des Ekels
3. Band ISBN 978-3-89425-021-8
»Genial springen die Autoren zwischen mehreren Handlungssträngen, spielen mit der deutschen Sprache wie mit Verdachtsmomenten; so entsteht Lesevergnügen vom Feinsten.« SCHNÜSS, Bonn

Meine Niere, deine Niere
4. Band ISBN 978-3-89425-028-7
PEGASUS, das berühmteste Videoteam zwischen Marten, Oespel und Lütgendortmund, deckt kriminellen Organhandel auf.

Der Witwenschüttler
5. Band ISBN 978-3-89425-044-7
Doppelmord in Recklinghausen: Die Opfer sind der Umweltminister von NRW und seine Geliebte. Private Rache oder Terror?

Totes Kreuz
6. Band ISBN 978-3-89425-070-6
Panik in Datteln: Zwei Altenpflegerinnen werden ermordet, ein altes Ekel nervt und Zivi Kalle Mager ruft PEGASUS zu Hilfe.

Straßenfest
7. Band ISBN 978-3-89425-213-7
Punker-Happening beim Straßenfest in einer spießigen Reihenhaussiedlung – es gibt Tote, PEGASUS filmt und Lohkamp ermittelt.

Glatzenschnitt
8. Band ISBN 978-3-89425-257-1
Skinheads vergewaltigen eine Türkin – danach setzt das große Sterben bei Mitgliedern der ›Heimatfront Ruhr‹ ein.

grafit

Krimis von Theo Pointner

Highscore
ISBN 978-3-89425-334-9
»In der Welt der Internetspiele werden Menschen wie Schachfiguren über erfundene Spielbretter geschickt und ohne Zögern vernichtet. Farbig, temporeich und mit gutem Auge für die unterschiedlichen Milieus geschrieben.« Westfalenpost

Der Dominoeffekt
ISBN 978-3-89425-310-3
»›Der Dominoeffekt‹ ist einfach ein Lesevergnügen, das man sich ganz rasch und schnell zu Gemüte führen kann, spielt es doch in der unscheinbaren Realität zwischen Bochum und dem Niederrhein.« Deutsche Welle

Rosenmunds Tod
ISBN 978-3-89425-268-7
»Die gute Komposition der verschiedenen Handlungsstränge macht das Buch abwechslungsreich und fesselnd. Die Thematik des Buches (Pädophilie) wird nicht reißerisch, sondern fundiert dargestellt.« Krimi-Kurier

Ein Tropfen Blut
ISBN 978-3-89425-246-5
»...hebt sich wohltuend aus der großen Masse deutscher Krimis hervor. Die Charaktere haben Ecken und Kanten.« Wetzlarer Neue Zeitung

... und du bist weg!
ISBN 978-3-89425-231-1
»Mit der Kriminalbeamtin Katharina Thalbach hat der Autor Theo Pointner eine der sympathischsten Heldinnen der deutschen Krimi-Szene entworfen.« Gießener Anzeiger

Rechts-Außen
ISBN 978-3-89425-214-4
»Als Fußball- und Krimifan sollten Sie sich diesen flotten und frechen Krimi nicht entgehen lassen.« Pforzheimer Zeitung

Scheinheilige Samariter
ISBN 978-3-89425-043-0
»Ein hinreißend spannender Krankenhaus-Krimi, in dem der Täter am Ende durch einen Computer-Bastler enttarnt wird, der sich per Datenleitung in den Heim-Computer eine Arztes einschaltet und dort die Beweise für Mord und Drogenhandel findet ...« Radio Ruhrgebiet, WDR 5

Tore, Punkte, Doppelmord
ISBN 978-3-89425-031-7
»Kripo-Kommissar Wielert und sein Kumpan Bach decken 20 Jahre nach Gregorio Canellas' Enthüllungen einen neuerlichen Kicker-Skandal auf, der sich gewaschen hat. ... beachtliches Krimi-Debut« Unicum

grafit

Krimis von Jan Zweyer

Krimis mit Jean-Paul Büsing:

Glänzender Tod
ISBN 978-3-89425-263-2
Versicherungsdetektiv Jean-Paul Büsing sucht einen für tot erklärten Kunsthändler und gerät zwischen die Fronten von Kunstmafia und Geheimdiensten.
»Jean Büsing ist ein echter Typ. Und der Krimi? Glänzend.«
Westdeutsche Allgemeine Zeitung

Als der Himmel verschwand
ISBN 978-3-89425-313-4
Jean-Paul Büsing soll die entwendete Himmelsscheibe von Nebra ihren rechtmäßigen Eigentümern zurückbringen.

Rainer-Esch-Krimis:

Tödliches Abseits
ISBN 978-3-89425-234-2
Ein toter BVB-Anhänger, ein toter Bayern-Fan, ein toter HSV-Freund: Meuchelt ein fanatischer Schalke-Fan die Anhänger der Konkurrenz?

Georgs Geheimnis
ISBN 978-3-89425-242-7
Rentner Pawlitsch will wissen, ob sich Esch im Presserecht auskennt – schon am nächsten Tag hat der Anwalt das Mandat eines Toten.

Tatort Töwerland
ISBN 978-3-89425-253-3
Insel Juist, Weihnachten. Spekulanten streiten mit Ökos um einen Golfplatzbau. Rechtsanwalt Esch gerät in einen Interessenkonflikt.

Verkauftes Sterben
ISBN 978-3-89425-289-2
Esch glaubt es nicht: Selbst mit den Lebensversicherungen Todkranker werden noch Geschäfte gemacht. Und dann ist sein Mandant tot ...

grafit

Historische Romane

Jan Zweyer
Franzosenliebchen
ISBN 978-3-89425-605-0

Weimarer Republik, Januar 1923: Im französisch besetzten Ruhrgebiet wird eine junge Frau ermordet. Zwei Soldaten geraten in Verdacht, werden aber vom französischen Militärgericht freigesprochen. In Berlin will man das nicht auf sich beruhen lassen und schickt einen Agenten nach Herne.

»Diese Mischung aus akribischen historischen Beschreibungen und dem krimitypischen Schema ›Whodunnit‹ ist Jan Zweyer außerordentlich gut gelungen.« Recklinghäuser Zeitung

»Krimi-Fans können sich freuen: Zweyer ist ein sicherer Geschichtsdetektiv, die Weimarer Republik als Krimi-Hintergrund ein fast unbearbeitetes Sujet. Da gibt es noch viel zu tun.«
Seite 4 – WAZ-Literaturbeilage

Gabriella Wollenhaupt
Leichentuch und Lumpengeld
ISBN 978-3-89425-607-4

1845, die Zeit vor der deutschen Revolution: In der preußischen Stadt Morgenthal findet der kleine Max die Leiche des Fabrikanten Emil Hartenau – ermordet. Merkwürdigerweise steckt in der Tasche des Toten ein demagogisches Gedicht. Ist der Mord politisch motiviert? Ein Sonderermittler aus Berlin, Justus von Kleist, wird in die Kleinstadt geschickt. Die Morgenthaler machen es ihm nicht leicht, Licht in die Angelegenheit zu bringen. Den Sohn und Erben des Toten, Moritz Hartenau, interessiert nur der Profit und sogar Gendarm Kürten sagt nicht alles, was er weiß.
Fast gleichzeitig taucht der Franzose Elias Leclerc in der Stadt auf und erzählt von Freiheit, Gleichheit und Brüderlichkeit. Bei seiner Cousine Rachel Grünblatt rennt er offene Türen ein. Die junge Frau langweilt sich und engagiert sich mehr und mehr für die ausgebeuteten Weber und ihre Familien.
Niemand ahnt, welches Unheil durch das Tun eines jeden Einzelnen heraufbeschworen wird …

grafit